속

속

최규승 시집

2020
문학실험실

최규승

1부

2부

3부

항미에게

더하여

티거·조이에게

1부

—

월식

너는 내게 그림자마저
맡기고 떠나는구나

망각

꽃이 피면 생각난다 비가 오면 생각난다 바람이 불면 생각난다 책장을 넘기면 생각난다 새 칫솔을 꺼내면 생각난다 달력을 넘기면 생각난다 컴퓨터를 켜면 생각난다 분리수거를 하면 생각난다 문을 잠그면 생각난다 라면을 끓이면 생각난다 커피를 마시면 생각난다 드라마를 보면 생각난다 채널을 돌리면 생각난다 연필을 깎으면 생각난다 문을 두드리면 생각난다 상향등을 켜면 생각난다 노래를 부르면 생각난다 청소기를 돌리면 생각난다 머리를 감으면 생각난다 잠자면 생각난다 멍하면 생각난다 마음을 비우면 생각난다 생각을 비우면 생각난다 생각을 하면 생각난다 생각하지 않으면 생각나지 않는다

기억

꽃이 필 때 생각한다 비가 올 때 생각한다 바람이 불 때 생각한다 책장을 넘기며 생각한다 새 칫솔을 꺼내며 생각한다 달력을 넘기며 생각한다 컴퓨터를 켜며 생각한다 분리수거를 하며 생각한다 문을 잠그며 생각한다 라면을 끓이며 생각한다 커피를 마시며 생각한다 드라마를 보며 생각한다 채널을 돌리며 생각한다 연필을 깎으며 생각한다 문을 두드리며 생각한다 상향등을 켜며 생각한다 노래를 부르며 생각한다 청소기를 돌리며 생각한다 머리를 감으며 생각한다 잠자며 생각한다 멍하니 생각한다 마음을 비우고 생각한다 생각을 비우고 생각한다 생각을 하며 생각한다 생각나지 않아도 생각한다

정체성

너는 가방이고 나는 책이야

그 사람이 늑대 한 마리를 안고 숲길로 걸어갈 때 눈은 이미 그쳐 있었다

나를 바라보는 거울 속 네 뒤에 검은 옷을 입은 창백한 내가 너를 바라보고 있다

계단을 오르는 너의 그림자가 벌떡 일어나 오던 곳으로 뛰어간다

한낮의 공단 골목길에서 내 팔짱을 끼고 걸어가는 너의 머리 위에 둥근 달이 떠 있다

그래, 시간이 죄다 흐르는 것은 죄다 죄다 끝으로 흘러간다

중앙역

떠난 적도 도착한 적도 없는 그곳에 나는 있습니다 그곳에서 당신을 기다리고 그곳에서 당신을 떠나보냅니다 그곳으로 떠난 당신은 아직 도착하지 않았고 그곳에서 떠날 당신은 아직 떠나지 않았습니다

무수한 시제가 당신을 복제합니다

그곳의 당신과 그곳으로 가는 당신과 그곳을 떠날 당신과 그곳에 가려는 당신과 그곳에 없는 당신 나는 당신을 떠나보내고 당신을 기다립니다 그곳에서 떠난 사람들이 다시는 돌아오지 못합니다 그곳으로 가려던 사람들이 여전히 다른 곳을 떠돕니다 떠난 적도 없고 도착한 적도 없는 그곳을 나는 오늘도 갑니다 떠납니다

당신을 오독하며 당신을 번역하며 당신을 교열하며
당신의 행간을 읽습니다

비를 감상하는 흔한 방식

*비가 내리네 비가 내려오네 오늘 같은 날 비는 왜 올까**

도쿄의 어느 카페에는
비를 감상하는 테라스가 있다
그곳에서는 언제든지
사쿠라를 볼 수 있다 당신이
깨진 몸을 열자 사쿠라가 만개한다
나무는 사라지고 꽃들만 무성하다
절정만이 영원한
사쿠라 봄 사쿠라 여름 사쿠라 가을 사쿠라 겨울
사쿠라는 계절에 전염된다

어, 지, 러, 워,

주머니 가득 호수를 담고 어디를 가는 거니
물고기 떼 출렁거리게 하는 발걸음
뒤따르다 흩어지는 햇살
천 갈래 만 갈래 부서지는 시간
노래는 이미 흘러갔고 지난 사랑이 소용돌이친다
한 사리의 사랑이 똬리로 남은 밤

밤이 내리네 밤이 내려오네 오늘 같은 날 밤은 왜 울까

＊한돌, 〈휴무일〉의 가사

너라는 봄

봄볕 쏟아지는 계단 끝 고양이는 비둘기의 날개를 씹어 먹는다 미처 날지 못한 시간에서 고양이 냄새가 난다 너는 계절을 지우는 시선을 떠올린다

어떡하니 자꾸 너를 까먹는다 꽃은 아름다움을 잊었고 하늘은 파란을 잊었어 물속에서도 갑갑하지 않고 밥을 먹어도 배부르지 않아 숨 쉴 수 없는 곳에서 숨을 쉬고 숨 쉴 곳에서 숨이 멎는다 봄은 말하고 너는 듣겠지 꽃은 기울어지고 너는 돌아설 거야 하늘은 벽 속으로 사라지는 너의 뒷모습을 보겠지 다시 파란을 되찾으면 너는 돌아서겠니 등을 맞대고 물속을 바라보며 두 손을 모으겠니

봄이 왔다고 봄을 생각하는 너는 이미 봄을 버린 사람이다 봄이 왔다고 말하는 순간 봄은 봄이 아니다 물속으로 사라진 사람들은 이미 봄이다 누군가 지나간 자리에 봄이 피어난다 침대에 봄을 두고 너는 버스를 기다린다 봄 없는 봄과 볼 수 없는 봄을 생각하느라 너는 걷지 못한다 장의차의 선루프를 열고 봄이 손을 내민다 흔들리는 것은 아프다 흔들리는 것은 흔적을 남긴다 너는 눈을 감는다 봄이다

너는 너를 너와 너로부터 너에게서 너인 너다

거창하지 않아, 이야기의 기원

투닥투닥 비 오는 소리 자판을 두드리는 소리 이야기는 상투에서 시작한다 축축해진 손끝 너는 빗소리를 들으며 이야기를 따라간다 물방울이 튀고 너의 형이 죽는다 작은 물웅덩이에 빗방울 떨어진다 사방이 핏빛이다 이야기 색깔이 선명한 어느 날,

비 그친 늦은 오후 골목길 웅덩이에 거짓말이 고스란히 담겨 있다 한참을 내려다보고 있는데 거짓말이 어두워진다 물속 세상은 부드러워서 발소리에도 흔들린다 어떤 거짓말도 단단해지지 않는다 거짓말이 나를 또 내려다보고 있다 세상이 왈칵 드러눕는다 잔잔해지는 수면,

여자는 물 위에 눕는다 물속의 여자는 허공의 바닥에 눕는다 여자와 여자는 서로 등을 맞대고 얼굴이 두 개 손이 네 개 발이 네 개 가슴이 네 개 여자의 아이들은 첨벙거리며 가쁜 숨을 몰아쉬며 젖을 먹는다 여자의 두 눈이 젖는다 여자의 다른 두 눈이 반짝인다 등을 맞댄다 물이 열린다 바람이 흐른다 등과 등을 물결이 가른다 물 위에 누운 여자는 허공을 보고 허공에 깔린 여자는 물속을 본다 물은 투명해지고 허공이 찰랑댄다 두 여자는 여자여자가 된다 여자여자가 일어서자 물도 허공도 따라 일어선다 그녀그녀가 걷자 허공도 물도 걷는다 여자여자는 수평선이 되었다가 수직선이 된다 세상이 넘어진다 다시 일어선다

무엇인가

어느 날 새벽
무엇인가 묻으러 산으로 갔다
안개가 차갑게 감기는 오솔길을 올라
숲속에 들었다
무엇인가를 내려놓고
삽을 들었다
안개가 자꾸 삽자루에 엉겨 붙었다
한창 파 내려가는데
삽 끝에 뭉클 닿는 무엇인가
누가 묻어놓고 간 무엇인가
잠시 삽질을 멈추고
내가 가져간 무엇인가와
누가 묻고 간 무엇인가를

번갈아 보면서
무엇인가 잘못되었다는 것을 깨달았다
내가 묻으려는 무엇인가
누가 묻은 무엇인가
잘못된 무엇인가를
내려다보면서
이 난감함을 해결하기 위해
무엇인가 하지 않으면 안 되었다
하지만 무엇인가 자꾸 늘어나기만 할 뿐
무엇인가 해결되지는 않았다
삽질은 이미 멈춘 지 오래
안개와 뒤섞인 무엇인가는 자꾸 늘어나
숲속을 가득 채웠다
오솔길을 따라 스멀스멀
무엇인가
떼로 내려가고 있었다

캔버스

여자는 탁자에 한쪽 볼을
대고 엎드린다 탁자 위
물컵을 반대쪽 볼 위에 올린다 여자의
시선은 탁자 건너 창밖에 고정된다 여자는
서서히 탁자가 되어간다 샤워를
끝낸 남자가 머리의 물기를
털어내며 물컵을 집어 든다 여자는
다시 여자가 된다 시선은
여전히 창에 고정돼 있다 창밖이
서서히 어두워진다 남자는
컵 속의 물을 마시고 여자의
볼 위에 빈 컵을 내려놓는다 여자는
다시 탁자가 된다 창밖은

어느새 칠흑이다 탁자 위
빈 컵에 어둠이 채워진다 컵은
이제 창이 된다 탁자가
여자였을 때 어둠이
빛이었을 때 남자가
샤워 부스였을 때 아무도
기억하지 못한다 여자는
여자를 잊고 물컵은 물컵을 잊고 빛은
빛을 잊고 어둠은 어둠을 잊고 남자는
샤워를 잊었다 탁자만
탁자를 기억한다 탁자가 된 여자를
기억한다 여자는 탁자와 함께
탁자로 기억된다 탁자는
여자를 기억하지 못한다 여자는
여자를 기억하지 못한다 컵 속 어둠이
쏟아진다 모두 눈을 감는다

꽃말 잇기

숨은 화자의 욕망이 빠진 소설 (　)

혼자 사는 사람들을 위한 요리 교실 (　)

고양이 발걸음을 따라가는 햇살 (　)

생각보다 몸이 앞선 하루 (　)

잠자다 죽은 자를 위한 빛 가루 (　)

빅밴드 스타일의 그림을 걸어놓은 전시회 (　)

달력을 채우고 남은 글자 (　)

지다 만 것들이 즐기는 멜로디 ( )

불협화음으로 완성된 사랑 노래 ( )

커튼 사이로 비집고 들어오는 발소리 ( )

1. 물꽃
2. 바람꽃
3. 눈꽃
4. 소금꽃
5. 서리꽃
6. 까치꽃
7. 웃음꽃
8. 귀꽃
9. 낮꽃
10. 저승꽃

그것을 너는

경상도 사람을 위한 표준어 발음 연습

너는 파괴를 낭독하러 가고 나는 빨래를 넌다
그것은 오늘 일어난 일
파괴와 빨래는 다시 어쩌려는 것, 그것
빨래를 털고 널고 칸칸이 줄을 맞춰 건조대에 너는 것은
파괴를 낭독하려는 것, 그것
너는, 너는 것을 파괴라 한다
말이 느는 것은 빨래를 너는 것이라는 너는
파괴는 빨래를 위한 것, 그것이면서
빨래는 파괴를 위할 수 없는 것, 그것
파동이면서 입자인 그것
파괴 다음에 빨래를 너는 것은, 그것은
빨래가 느는 것을 파괴하려는 것, 그것

기다림은 식탁 위의 식은 커피, 그것
모든 온기가 사라진 후에도
깜빡깜빡 따뜻함을 기억하게 하고
정신없음을 정신없게 하고
싸늘하게 식은 커피를 음미하게 하는 것, 그것
너는 자작나무 숲속에 들어가고
자작에 둘러싸인 너는
자작자작 소리를 듣는다는 것, 그것
취향이라는 것, 아무도 건들지 못하는 그것
착각도 그런 착각이 없는 것, 그것
화살과 노래는 오랜 세월이 흐른 뒤에도
시작부터 끝까지 온전한 것, 그것
완벽하게 낭만적인 것, 그것
나는 가진 것이 많아서
너를 훔친다는 것,
그것은 오래된 도벽, 그것
너는 파괴를 잃고 나는 빨래가 는다

토요일

29년 3개월이 다 지나야 너는 새봄을 맞는구나 봄은 다 각자의 봄이구나 길 건너편 건물 2층 태권도장의 실내등이 켜질 때마다 권도만 선명하다 주먹의 길은 빛난다 어두워야 명확해지는 그 길 밤이구나 불을 켜라 그 길에 빛나는 글자들 반만 선명해지는 글자들 오독이 선명해지는 밤들 네가 태어난 쌀쌀한 날들 계절들

신발을 잃어버리고 누군가 두고 간 신 발 한 짝씩을 신고 짝짝이 집으로 돌아가는 꿈을 꾸고 일어난 날 상조회 가입을 권유하는 텔레마케터의 이야기를 들으며 너는 기침을 한다 너의 찬 발이 온종일 서서히 사라질 것을 걱정한다

20년이 다 된 냉장고가 끓는 소리를 낸다 냉장고 소리가 잦아들면 고양이의 발소리가 들린다 불안과 조심이 교차하며 걷는다 어제는 신발을 잃고 오늘은 시 한 편을 얻었다 꿈같은 일이고 꿈속의 일이다 신을 잃고 시를 얻는 것은 냉장고 냉매 같은 것 누군가 시인이 되고 하루는 온전해지고

무덤에서 무덤으로 요람에서 요람으로 죽은 사람은 계속 죽고 산 사람은 계속 태어난다 선도 없이 길도 없이 점점이 집집마다 계속되는 계절이 행성들 사이에 펼쳐진다 어떤 법칙도 없이 계산한 대로 일주일 치의 해가 편의점 문을 나선다 문살짝, 띄어쓰기할 수 없는 단어를 밀지 당길지

오늘은 천오백스물여섯 번째 토요일

정화된 밤

화분조약돌 샤워커튼 프로폴리스
스프레이 영귤과즙 이퀄페루코코
아 (밤바람) 세탁기연결호스 두
루마리휴지 곽티슈 유정란 키친
타월 (그루밍) 내추럴선크림 비
가림귤 사선체크신사양말 냄비
뚜껑 에스프레소커피 네일아트펜
냉온정수기 속눈썹 (어린날) 공
기정화기 파라핀바쓰 면봉 미용
가위 스피커 헤어드라이어 (꿈)
마룻바닥 벽걸이선풍기 키친타월
걸이 뿔테안경 머그컵 나무찻숟
가락 귤껍질 사과씨 (바이러스)

고무나무화분 로만셰이드 엘이디
스탠드 예가체프커피 정수기필터
쿠키 활기단 (웃음소리) 닭뼈 천
혜향 부루펜시럽 마카다미아 도
자기커피잔 (진주목걸이) 사리면
액자 전신거울 편지봉투비닐창
보온병 (시벨리우스바이올린협
주곡) 피톤치드스프레이 액자 빨
래걸이 유리컵 각설탕 종이컵 쟁
반 (고양이) 타일 복사용지 칫솔
호두껍데기 빵부스러기 비닐커버
유리창 (햇살) 커튼 블라인드 방
충막 덴탈마스크 모나미4색볼펜
(달빛)

다스 카피탈

우리가 돈이 없지 가오가 없냐!
우리가 돈이 없지 사랑이 없냐!
우리가 돈이 없지 명예가 없냐!
우리가 돈이 없지 이름이 없냐!
우리가 돈이 없지 흔적이 없냐!
우리가 돈이 없지 인생이 없냐!
우리가 돈이 없지 미래가 없냐!
우리가 돈이 없지 열정이 없냐!
우리가 돈이 없지 맹세가 없냐!
우리가 돈이 없지 동지가 없냐!
우리가 돈이 없지 깃발이 없냐!
우리가 돈이 없지 내일이 없냐!
우리가 돈이 없지 희망이 없냐!

우리가 돈이 없지 전위가 없냐!
우리가 돈이 없지 사람이 없냐!
우리가 돈이 없지 요람이 없냐!
우리가 돈이 없지 무덤이 없냐!
우리가 돈이 없지 우리가 없냐!
우리가 돈이 없지 돼지가 없냐!

우리가 돈이 없지 돈이 없냐 돈이 없지 않지 않고 돈이 없지는 없고 돈이 없지는 않은데 돈이 없으니 없지만 없고도 없는데 돈이 없어서는 아니고 돈이 없자니까 돈이 없지 않지 않지 않지 않지 없는 돈이 없으니 있는 돈이 없니

없으면 없고 있으면 있는 거지

우리는
서로

얼굴을 지운다

비선형 인공지능 앱 기자의 자동기술 기사

입력 : 2023. 07. 22. 03:45
수정 : 2023. 07. 22. 05:41

자유기획 기자 배우 정우가 자력과 자의식으로 있는 날 느닷없이 마운드로 달려 있다 *것은 아니지만 저도 이제 덤으로 얻을 것으로 기대된다*

있는 것은 아니다 있는 것은 아니지만 저도 이제 사람을 만나는 것만 중요한 것은 아니지만 저도 이제 덤으로 얻을 것으로 기대된다 있는 것은 아니다 있는 것은 아니지만 저도 이제 덤으로 얻을 것으로 기대된다

이곳에서 생활하게 된 이들은 모두 나이가 들면서 소

득이 줄어들고 병원비 등 각종 혜택을 받을 것 같다

있는 것 같아요 오늘 오전 서울 중구 명동 소재 토지 및 주택 가격 차이가 나겠지만 백화점과 대형마트 간에도 가격 차이가 나겠지만 백화점과 대형마트 등 각종 혜택을 부상으로 내건 전시용 오디션이 아니다 *것은 아니다 있는 것은 아니지만 저도 이제 덤으로 얻을 것으로 기대된다*

있는 것은 아니다 그래 널 잊는 것 같습니다 *텔레비전 광고 모델로 활동 중인 레이싱 모델 출신 배우 겸 가수 겸 방송인 샘 스미스 등 다양한 분야의 전문가들이 풍부한 지식을 바탕으로 새로운 시작을 알린 뒤 바로 해명하고 있는 것 같습니다* 것은 아니지만 저도 이제 덤으로 얻을 것으로 기대된다 있는 것은 아니다

하루에 열두 번 미치는 여자

여자의 머리는 구름에 싸여 있고
발걸음은 해변을 거닌다
가끔 힘 빠진 파도가
발등을 핥는다
구름은 걷히지 않는다

어제의 구름과 오늘의 고양이
낮 1시의 그림자와
저녁 7시의 중년 남자
한 발은 땅에 한 발은 허공에
그림자의 발은 모두 물속에
떨칠 수 없는 자유로운 발걸음

돌아보지 말아요

하늘도 다 제각각
물도 꽃도
흐르는 대로 피는 대로
검게

서로에게 검열인 세상에서
자유는 몸뚱어리만 있는 사람의 얼굴
표정 없이 웃는 웃음

초상권 동의서를 찢은
여자의 얼굴에서 고사리가 자란다
햇빛에 반짝이는
고사리 잎이 나부낄 때마다
바람이 웃는다
숲속에 팽창하는
빛, 빛, 빛,
여자는
투명한 나무가 된다

칠월

너는 얼굴을 가리고 젖은 머리를 턴다 머리카락 사이에서 새들이 투두둑 떨어진다 새들은 튼튼한 어깨를 가졌고 거울 속으로 떼 지어 날아간다 너는 머리카락을 쓸어 올리며 거울을 본다 시간이 거꾸로 매달려 있다 너는 몸을 일으켜 똑바로 선다 다시 물줄기 속으로 들어간다 몇몇 새들이 날고 그것들은 뉴기니에서 지저귀는 법을 배웠다 너는 다시 거울을 보며 세상의 소리를 지운다 거울 속에는 세상에 없는 계절이 자라고 있다 누군가 개와 함께 호수에 다이빙을 한다 순간 계절이 멈춘다 날아간 새들은 돌아오지 않는다 파동은 반대편 자작나무숲까지 닿는다 호수의 파동이 멈추고 수면은 거울이 된다 수면에

지난 시간이 떠오른다 구름은 변기에 앉고
너는 책을 읽는다 새는 날개를 접고
너는 선글라스를 벗는다 발레리나는 토슈즈를 벗고
너는 액자를 건다 문고리는 베토벤을 듣고
너는 모래톱을 걷는다 사슴은 통학버스를 타고
너는 그림자를 밟는다 나무는 물구나무를 서고
너는 창가에 선다 고양이는 하품을 하고
너는 눈을 감는다 거울은 깨지고

새들은 다시 날기 시작한다 몇몇은 심야의 바닷속으로 다이빙해 들어간다 어둠은 축축하다 물속으로 사라진 것들은 모두 깨진 거울 속에 갇혀 있다 누군가 창가에 걸터앉는다 깨진 거울 사이로 비가 내린다 고양이가 털을 세우고 발톱을 드러낸다 깨진 거울을 긁는다 거울 속에 갇힌 시간이 흘러내린다 너는 어둠을 말린다 지금 필요한 건 고양이의 혀

세상을 핥는 계절을 핥는 시간을 핥는
어둠을 핥는 밤을 핥는
사이를 핥는 그루밍이 시작되고

2부

채칼의 향연

이렇게 썰릴 줄은 몰랐어 백상어의
배 속은 아름다워 굴곡과 주름이
완전히 일치하는 공간 그 속에
머리를 디밀고 들어가서 주름 속에
끼어드는 삶이란 다
그런 거지 삶이란 굴곡인 거지 아름답게
구겨지는 삶 곧 상어 고기가 될
삶에서 단내가 난다 삶은
삶이라니 아직 미완성인 삶은
삶에 관한 설익은
보고서 모든
설익음을 파쇄기에
넣고 보고서에는

분실이라고 기록한다

채칼로 썰어낸 오이가 고명으로 얹힌 짜장면을 비비며 싱싱한 오이가 짜장 버무려져 검어질 때까지 너는 침을 삼키며 울분을 삼킨다는 말을 떠올렸고 서너 번의 젓가락질로 짜장면 한 그릇을 눈 깜짝할 사이에 먹어치우며 너는 눈을 한 번 깜빡이고 잠자리에 드는데 이불 속은 너무 따뜻해 이불 사이로 발을 내밀지 않을 수 없을 만큼 따뜻해 온몸을 썰어서 큰 짐승의 입속에 넣을 수만 있다면 주름 사이에서 잠들 수만 있다면 이불이 구겨져 있는 아침 너는 없고 핏빛으로 물든 이불과 요를 세탁기에 넣고 돌릴 수 있을 텐데 핏물이 잘 빠지는 세제를 넣고 사라진 너를 기억하며 너를 잊지 않기 위해 투쟁할 수 있을 텐데 백골단이라도 소환할까 추억의 판도라상자는 부서지지 않고 굳게 닫힌 상자의 문은 누가 열 수 있을까 하는 생각에 추억이 추억으로 가려진 채 판도라상자 안에도 주름과 굴곡이 있을 거야 하며 그 사이에 끼여 추억 따위에서 빠져나오지 못하는 그때의 너는 사라졌지만 추억은 잘 보관되어 있다고 아무도 꺼내지 못하는 굴곡과 주름 속에서 모든 추억을 쓸며

채칼에 묻은 피를 닦아내며 이렇게 썰릴 줄은 몰랐을 거야

굴욕

1

너는 가만히 있다 공항버스는 도착하지 않는다 너는 아직 식지 않은 커피를 마신다 버스정류장 뒤로는 강물이 흐른다 물결에 부서지는 달빛을 따라 어떤 너는 흘러가고 있다 떠난다는 것은 마음뿐인지도 모른다 마지막 버스는 정류장에 멈추지 않고 떠난다 너는 비로소 캐리어 손잡이를 잡고 생각한다 냉정하라, 냉정해라, 모든 교통편이 취소되었고 공항으로 가는 길은 모두 폐쇄되었다 길가 아스팔트 위 갖가지 검은 속옷이 나란히 놓여 있다 한 여자가 울고 있다 여자는 어떤 속옷도 고르지 못하고 무릎으로 몸을 받친 채 움직이지 않는다 기다림이 흘러내린다 그해 봄이 물속에 가라앉았듯이

2

사진으로 막은 창문
풀리지 않는 순열
내 옆에 왜 네가 있는지
네 곁에 왜 내가 잠들었는지
그래도 웃으니 좋아
하얀 얼굴과 헐렁한 모자
날리는 머플러
당신이 나를 풍경으로 만들었으니
바람을 맞아도 눈 감지 않기를
고개를 들고 앞으로 걷기를

3

불빛 사그라진 골목
밤 산책에 나선다
너의 그림자는 여전히 잠들어 있어
너를 쫓지 않는다

머릿속 말들을 끄집어내기가 쉽지 않아
명사 없는 동사로 나는 살아간다
나는 언제나 비문
그 말들을 찾아냈을 땐 이미
명사만 나뒹구는 불균형의 밤
너는 아무 생각 없이 깊어간다

바다

바다에 가자 했다 바다에 꼭 가자 했다 바다에 가고 싶다 했다 바다가 보고 싶다 했다 바다가 부른다 했다 바다에 빠지고 싶다 했다 바다에 살고 싶다 했다 바다에 묻히고 싶다 했다 바다가 바란다 했다 바다는 받아준다 했다 바다가 말한다 했다 바다가 들린다 했다 바다가 눈부시다 했다 바다가 노래한다 했다 바다에 잠기고 싶다 했다 바다를 건너고 싶다 했다

띵—
똥—

겨우 우리는 강가에 있고 강바람이 불고 라면이 끓고 날벌레가 어지럽고 산달이 가까운 깡마른 암고양이

가 있고 누군가 놓고 간 물과 사료가 있고 먼 데서 개 짖는 소리가 들리고 밀물에 밀려 온 갈매기의 울음소리가 들리고 후루룩 라면 먹는 소리가 들리고 고양이는 의자 밑으로 들어가고 우리는 강가에 있고

당신이 언어가 될 때까지
당신을 하나하나 발음해봅니다
철자로 만들어 조립해봅니다
이제 당신은
글자로 만든 몸을 가졌습니다
이름도 없이 당신은
언어가 됩니다
당신의 생각은 당신의 몸
당신의 말은 당신의 몸
분리와 조립이 자의적인

당—
신—

바다가 싫다 했다 바다가 무섭다 했다 바다는 모른다

했다 바다는 본 적이 없다 했다 바다를 버렸다 했다 바다를 외면했다 했다 바다는 바다라 했다

여전히 우리는 강가에 있고

오월

(달이 뜬다 하루에도 몇 번씩) 김뿌라서교점 (이번 생이 끝날 때까지) 커피스트 (나는 저 달을 계속 쳐다볼 수 있을까) 이마트건대입구점 (하루가 하루 위에 쌓여) 광진구구민체육센터 (계단을 이루어도) 자연드림구의점 (그 너머에 달은 떠오른다) 비타민의원 (목이 부러진 짐승을 본 적이 있다) CU구의푸른점 (머리털이 엉킨 사이로) 교촌치킨중곡2호점 (아직 검고 촉촉한 눈망울) 대성산업동부충전소 (죽은 짐승의 눈이 나를 올려다본다) 엘림들깨수제비 (그 눈빛과 잠시 마주친 이후로) 개인택시서울3×사429× (고개를 떨어뜨리는 것도 두려워졌다) 태광컴퓨터크리닝 (나는 앞만 보고 걷게 되었다) 장지훈헤어스튜디오 (달이 뜨고 달이 지고) 설악칡냉면 (얼굴에 달빛이 쏟아질수록) 자연드림구의

점 (나는 점점 고개를 빳빳하게 들고) 구의제2동사무소 (앞만 보고 걷는다) 무교동유정낙지구의점 (눈앞에 쏟아지는 달빛을 피해) 교촌치킨중곡2호점 (조리개를 한껏 조이고) 함흥본가냉면 (먼 곳, 어둠 속에 초점을 맞춘다) 롯데마트테크노마트점 (나의 맹점이 확장되어) 카페뽈레 (어둠 속에서도 나는 어둡지 않다) 드롭바이드롭 (내가 볼 수 있는 것은) 개인택시서울3×사846× (네가 외면한 것) 자연드림구의점 (내가 볼 수 없는 것은) 아지겐 (네가 보려고 하는 것) 상암에너지 (고개를 들지도 떨구지도 못하는 사이) 배스킨라빈스아차산역점 (어둠은 더 이상 어둠이 아니다) 국제콜택시서울3×아766× (새벽이 온다고 노래한 시인의 시는) 검은책방흰책방 (모두 거짓이었다) 헤나유기농 (새벽은 어둠 속에 있다는 시도) 개인택시광주5×사×527 (모두 거짓이었다) 상무마트 (멀리 한곳을 보며) 죠스떡볶이금남로점 (어둠 안의 어둠과 어둠 밖의 어둠) 망월화원 (그 경계를 찾으려고) 전영미신경정신과 (조리개를 조이고 조이다) 퍼스트데이타 (우뚝, 걸음을 멈추었다) 양촌리생삼겹살구이 (어둠조차 보이지 않는) 브레덴코광화문역점 (순간) ING생명 (나는 그 자리에 그대로) 탈

핵연대 (넘어졌다) 도서관친구들 (고개를 젖힐 수 없어) YESCO (고개를 떨어뜨릴 수 없어) 아파트아이 (커다랗게 부푼 달을 멍하니 쳐다보았다)

카니발 퍼레이드

춤추는 사람은 모두 백골이어야 해
연골도 없는
뼈와 뼈가 마찰하며 내는 소리
죽음의 푸가는 경쾌하고

배를 가른 토끼는 뒷다리로 서야 해
레토릭은 위험하고
연골만 뭉쳐서 걸어가는 시체처럼
가도 가도 끝이 닳은 노동 유연성으로

착지하는 고양이는 귀여워야 해
영역을 다투는
발톱과 발톱을 톡톡 부러뜨려

발바닥 털에 파묻힌 소리도 미끄러지는
비참도 사료도 구조화하는

철학자의 흰 그릇은 차고 넘쳐야 해
무엇이 쏟아져도 흘러가는
고체도 기체도 일렁이는 강물처럼
어지럼증에 울렁이는 속
물비늘 반짝이며
어디에도 있고 아무 데도 없는

너는 욕실 속에 있고 나는 칼을 꺼낸다
너는 물속에서 잠들고 나는 피를 닦는다
너는 12층에서 야근하고 나는 지하실에서 잠든다

곧 너와 나는 지상에서 만나
피비린내 나는 행진을 시작하리라
밤이 오기 전에 도시의 모든 전등을 켜고
잠자는 영혼을 일깨우리라
너는 걷고 나는 찌른다
아침이 올 때까지 전등불은 붉다

잘 자라 육신 축제는 모든 영혼의 것
너와 나는 걷는다 서로 찌른다

내일 우리는 수문장 교대식에서 만나겠지
내 일이지 네 일은 아니야
나는 오늘 밤 춤을 춘다 너는 잠든다
흐르는 것이 어디 피뿐일까

스물 또는 이십

바다는, 특히
밤바다는 멀리의 명사형
느닷없이 이곳에서 영원으로 달려가는 느낌
이제 록은 잔잔하고 펑크는 지루해
슈게이징은 또 얼마나 허전한지
별것 아니고 그냥 스물 또는 이십
시간이 나를 싣고 흘러가는 줄 알았는데
그냥 내 곁을 스쳐 지나고 있었어
마치 끝없는 열차처럼 달리고 있었던 거야
플랫폼에서 출발하는 기차
차창에 비친 네 모습
몹시 흔들리고 있었겠지
희미하다 생각했을 거야

가만히 서 있는 건 너였고 스물이었고
흔들리는 건 열차였고 나였고 이십이었고
알아차렸을 때
이미 기차는 꽁무니를 보이며
너를 두고 떠나고 있었지
아득하게 어지럽게
너는 플랫폼에 서서
멀어지는 열차를 흔들림 없이 보네 보내네
그때 아침바다가
맞춤법으로 출렁인다는 것을 알았지
여전히 거기 서 있는 너를
어떤 열차도 교정할 수 없었지
그때는 그랬지 스물 또는 이십
동사 없이도 움직이는 명사
모든 것이 명문인
스물 또는 이십
아직도 그래
시들한 그루브와 스웨그
굿바이 텔레, 비전
왜 모든 감동은 교훈적인지

눈 감으니 번쩍 스물 또는 이십
사막 위에도 기차는 달리고
바스러지는 철길을 가로질러
검은 고양이 하나 플랫폼을 오른다
감동도 이별도 말라버린 사막에서
스물 또는 이십
기차는 경적을 뿌리며 달린다

걷는다

기억은 조건이 붙는 상상력이다

어느 날 법원 담장을 따라 걷다가 알았다
아름다운 삶은 모두 저 너머에 있다는 것을
하필이면 너머의 경계가 법원 담장이어서
나는 깨달음을 법정 안에 가두었다

매년 오는 봄인데도 언제 봄꽃 필까
들썩이는 마음 있겠지
꽃은 그냥 피는 것이 아니지
마음이 피운다고 쓴 시
마음에 와 닿았다는 그 시
꽃이 질 때까지 아무도 마음을 꺼내지 마라
그 빈 곳에 들어앉는 시
마음 빈자리에 가둔 시

아름다움도 시도
결국 가둬둬야 하는 것을
어차피 올 봄인데
안 올까 봐 짐짓 걱정하는
그런 시와 아름다움의 부스러기
기소유예 된 미적 기준들

새로움이란 결국 다음 해의 봄 같아서
반갑지만 지겨운 것
전위도 진위를 가릴 수 없는
꽃샘추위 같은 것
선형의 시간이 폭력이라면
순환의 시간은 기만이니
지난 모든 아름다움을 포기한 채
봄도 법원 담장 안에
가두고 나는 담장을 따라 걷는다
법원 담장은 높아서
볼 수 없는 봄
알 수 없는 아름다움
시야를 가린 시

법원 담장 끝에 나타난 문
여전히 문은 담처럼 굳건하고
나는 여전히 담장을 따라

걷는다

깨달음은 멀고 걸음은 가깝고 담장에 기댄
토끼가 없으면 모자도 없다

몽유도원도

그 애가 날 불렀을 때
나는 나가지 못했고
그 애가 널 부르자
너는 일어나 문을 열었지

물속은 차갑고 따뜻해

너는 그 애의 뒤를 쫓았고
나는 침대에 걸터앉아
물에 젖은 창에 들어온
너와 그 애를 바라봤어
프레임 안으로 들어온 지난 꿈들이
서서히 두 사람에게 다가갔어

살아 있는 것은 죽은 것
죽어 있는 것은 다만 살아 있는 것

프레임은 그래
아무도 없는 곳에서 무엇이라도 나타나고
그게 너였고 그 애였어
너는 차갑고 그 애는 따뜻해
물속에 잠긴 꿈들은 무거워지고
그 애가 되고 네가 되고 가끔 내가 되고
프레임은 알고 있어
누가 사라지고 또 누가 나타났는지
여위어가는 얼굴 늘어나는 수염
창살이 생기고
나는 분할되고 너는 물속에서
잠들지 못하고 그 애는 꿈꾸었지

뒤돌아보지 말아라
물이 차면 숨이 차올라
물이 차면 물속은 따뜻해
숨이 차면 삶은 차가워

영원히 꿈꾸는 그 애를 따라
잠 속이 아니라면 물속에라도 따라가야지
그 애가 다시 나를 부르는 물속

똑, 똑, 똑

꿈에서 떨어져 잠들어
바닥이 아니면 바다에서라도

뚝. 뚝. 뚝.

논리적인 시

내일도 최선을 다하겠습니다 하늘거리는 세상을 지우겠습니다 울다가 웃다가 탈모를 걱정하겠습니다 땅이 꺼지고 아파트가 무너질 때까지 배를 타겠습니다 불타는 금요일 밤 정신 차리고 술을 마시고 맨발로 운전을 하겠습니다 금리 동결이 발표되는 텔레비전 화면을 냉동고 속에 넣겠습니다 함께 모두 전부 다 우리가 되어 폭우를 피하겠습니다 보도블록을 깨트려 장미를 바치겠습니다 옮겨 심은 나무가 마를 때까지 선풍기 타이머를 맞추겠습니다 달이 지는데 별이 지는데 울지 않겠습니다

고양이가 담벼락 위를 걸어간다 쳐다보는 시선이 무섭다 손은 무거운 것을 들었다 스마트폰의 메시지 창이

반짝인다

어서 돌아오라고 힘 빠진 손을 떨게 한다 러닝화를 신었는데 달릴 수가 없다 맨발이어도 청춘은 아니다

고양이는 담벼락 끝에 닿았다 어디서부터 어디까지가 담벼락인지 물을 수가 없다

무거운 것은 번쩍 시선을 들어 올린다 담장 너머 아파트가 솟아난다

제초제를 뿌려도 무성하다 잡초는 더 이상 풀이 아니다 아무것도 붙지 않는다

여름이 지났는데 또 여름이다 아무도 들어오지 않는다 에어컨이 꺼졌다 청구서가 쌓인다 한때 그것은 날짜 지난 신문지였다 뒷걸음치는 가을은 마블링이 화려하다

물과 기름이 섞일 때 담장 위 고양이의 발걸음은 앞

으로 뒤로 하나둘셋 둘둘셋 삼단논법으로 춤춘다

이곳에서는 나는 너는 그는 모두 같은 사람이다 담벼락 뒤에 숨어 있던 여자가 가면을 벗고 나타난다

그리울 때는 고양이 허전할 때는 골목길 나머지는 여전하다 길이길이 영원하다

나무 숲 기린

1

저녁 밥상 앞에 마주앉은 두 사람
감자 삶는 냄새를 쫓아 이웃집을 찾았던
오래전 그날 이후
처음으로 두 사람이 마주 앉아
저녁을 먹는다 할머니는
반주로 맥주를 마신다
오리온보다 기린이 맛있네, 그렇다네
한 모금 두 모금
이미 밥그릇은 내려놨고
전기풍로에 밥을 짓고 반찬은 사 먹어
혼자 쭉 혼자서, 그렇다네

오키나와의 밤은 깊어가고
할머니의 별은 빛난다
기린맥주 한 잔에 슬픔을 웃는다
할머니의 굽은 등과 깊은 주름이
번역된다
불쌍해요 가엾어요

혼자는 외톨이 둘은 부부
셋은 사탕수수밭 넷은 숨고 다섯은 사각사각
여섯은 바람 일곱은 불고 여덟은 먼 나라
아홉은 떠나고 열은 할머니

2

롯폰기잇초메 아크힐즈를 오르는
에스컬레이터에서 우연히 마주쳤던 여자
주일 스웨덴 대사관 앞 어린이 공원
숲은 나무를 나무는 숲을
인정하지 않는 밤

벤치에 누워 하늘을 쳐다보던
젊은 여자 홈리스
겨울밤 눈바람에 여밀 옷깃이 아쉬워
몇 번인가 오르내리던 에스컬레이터
검은 물결은 가물가물
여자는 내려오는 계단을
영영 밟지 못했다
아크힐즈보다 더 높은 무중력의 세계
언덕도 에스컬레이터도 계단도 없는 곳

3

바람은 서쪽으로 불고 비 내리는 화면의
어눌한 일본어만이 반복되는 밤
기린은 코다츠에 들고
고층 건물의 고양이는 춤추는데 바람은
잊지 않고 불고 잊기 위해 불고
잊고 싶은 것을 기억하라고 불고 아무도
바람이 불어오는 곳을 모르고 묻지도

않고 메구로 강변의 바람
사쿠라 꽃잎이 난분분 바람의
길을 증언하던 그때가
언제인지 기억나지 않는 밤

속

저녁에는 내 몸이 따뜻해 아래로 아래로 내려갑니다

저속한 아름다움은 남겨두고 가야 해요

두둥실 떠다니는 구름을 보면 사라진 따뜻함을 기억해주세요

붉은 노을이라도 깔리는 그날의 하늘 구름 속에서 꽃잎이 떨어집니다

아무도 없나요 이 속에선 잠기는 것 말고는 할 게 없나요

꿈속에서도 잠들지 못하고 내려가는 내내 잠시라도 눈 감지 못해요

벚꽃은 초록의 눈물을 흘리며 나무들 속으로 걸어 들어갈 거예요

지난 모든 잔소리가 바늘이 되는 물속 가라앉는 내 속을 가득 채웁니다

음파음파 숨 쉴 때마다 바늘은 부글부글 수면으로 떠오르네요

바늘 방울에 얹혀 나도 떠올라요 물 밖으로 얼굴을 내밀자 바늘이 살 속으로 파고드네요

손을 잡아요 노을이 손을 내밀어요 왈츠를 출지 탱고를 출지 결정해야 해요

바늘 손이 떨리네요 꽉 잡아요 다시 물속이에요

내 잠 속의 물속에는 잠들지 못한 내가 있어요 온몸에 바늘이 돋아 영원히 깨어 있어요

나는 잠든 내 안에서 춤을 추어요

노을이 지고 밤이 오면 멈추는 춤, 밤이 지나 해가 뜨면 가라앉는 몸, 노을이 손을 내밀면 돋아나는 바늘

내 속은 무엇으로 가득한가요

속된 말은 신속하게 속이 되어가네요 속되고도 속되고도 속되도다

내 시는 속된 말로 가득합니다

이제 휴지통 바로가기 아이콘을 휴지통 속에 버리고 휴지통 비우기를 할 거예요

말없이 말 없는

창밖에서 무슨 일이 일어날까 궁금하다는 것은 거짓말 어제도 그제도 창밖은 바람이나 햇살이나 비가 내렸고 내리는 방향을 거스르며 나뭇잎이나 흙먼지가 날리기도 한다 구름이나 새가 그림자를 던지며 이 세상에서 저 세상으로 건너가기도 한다는 것도 거짓말 세상은 어디에나 있어도 창밖은 그런 세상이 아니다

너는 어디 있었니 그곳이 창밖이니

대답은 없고 창에 비치는 것은 마음뿐 창밖으로 달아나지 못하는 마음은 세상 끝에 반영된다 거기 그런 세상 그런 말 그런 언어 문법도 없는 모국어의 세상 아니 세상 아닌 나라의 말들

너는 이인칭이 생략되는 나라에서 살고 싶다

이것 역시 거짓말 나의 쓸모는 너의 실망

물속은 잔인해 가고 싶지 않은 사람들만 마침내 들어가야 하는 곳 속도 없는 사람의 속을 채우는 것은 젖은 햇살

너는 책상이 되려 했으나 테이블이 되고 말았다 밥때가 되어도 문은 열리지 않고 방충망을 긁는 소리만 요란하다 눈을 다친 고양이가 창문을 올려다본다 땅따먹기로 해가 지던 때를 떠올린다 돌아보지 않는다면 모든 것은 물러질 것이다 젓가락이 집을 수 있는 집을 짓는다 불 탄 자리에 나무를 심는다 숲속 둥치에 앉아 하루를 보내고 싶다 배고픈 영혼, 하고 말하는 유령이 등 뒤에서 묻는다 돌아보지 않아도 온몸이 굳는다

이것 역시 거짓말 기차 같은 거짓말 그 많던 소년은 모두 다 어디로 갔을까

손목시계가 멈춘다 이것도 거짓말 멈춤이 현재형일 때 세상은 거꾸로 흐른다 거꾸로는 거짓말 현재형은 참이 된다 멈춤은 현재형을 재구성한다

거꾸로 걷는 사람들 시계는 멈춘다
뒤집히는 바람 시계는 멈춘다
입속에서 커지는 사탕 시계는 멈춘다

상처가 아문다 시계는 멈춘다
졸음이 날아간다 시계는 멈춘다
염두에 둔다 시계는 멈춘다
전운이 사라진다 시계는 멈춘다
시간이 올라간다 시계는 멈춘다

꿈속에서 개가 짖는다 꿈 깨니 개꿈 개소리만 들린다 꿈 깨도 들리고 꿈꾸어도 들리는 소리 개소리는 꿈을 현실로 만든다 그런 소리가 있다 이쪽에서 저쪽으로 이곳에서 저곳으로 이어진 소리 당신의 전화는 모두 개소리 당신과 나를 이어주는 개소리 점점 커지는 천 마리의 개가 짖어대는 소리 강물 위에 둥실둥실 떠가는 초

파일의 연등 같은 개소리 현실적인 꿈도 꿈같은 현실도 모두 개소리 선반 위를 조심조심 걸어가는 소리 없는 개소리

안녕히 계세요

20년 전 코넷 소리가 들려오고
나는 또 앞으로만 걷는다
코니는 코넷을 잘 불었지
렌터카는 어디에나 있고
자분자분 걸어가면 바로 눈앞에서 차가 멈춘다
유색인종 여자는 아무것도 모른다고
무슨 일인지 알아보겠다고 한다

도와드릴까요

찾는 사람이 메리인지 베티인지 모르는데
누가 누구를 찾을 수 있을까
사진은 찍지 않고

카메라 렌즈로 재즈 바에서 나오는 놈을 본다
한 놈은 거인이고 또 한 놈은
말라깽이 그게 언제였는지 둘이 같이 걸어 나오는
모습을 그냥 건너다보기만 한다

다 털어버려

자동차 판매를 시작한 대니는
반나절 내내 서류만 복사한다
담배를 문 여자와 자줏빛 코트를 입은 여자
지하철 입구에서 서성거린다
철재 난간을 잡고 계단을 오르는 사람들
어젯밤 비가 고인 물웅덩이를 밟고 지나가면
순간 도시의 풍경이 흔들린다
마이크 앞에 선 사람은 지난 일을 이야기하고
사람들은 박수를 친다

이게 무슨 일이야

슬럼은 아무 데도 없다

당신 머릿속이 다 쓰러져갈 뿐
이름과 주소가 없다면
전화번호라도 남겨야 한다
어제 한 일과 오늘 들른 곳
카페에서 우린 상부상조하며
사실과 존재를 놓고 싸워야만 했다
커피는 이미 식었고
흔들리는 마음을 장식처럼 달고
숭상할 것은 오직 도시의 웅덩이밖에 없다고

미안해 다음에

점점 커지는 그림자를 버리고
사람들은 모두 도서관으로 들어간다
소리를 지우고 흔적도 없이
코넷의 밤은 깊어간다
아직 저는 걷는 중입니다만
주먹을 쥐고 하는 말은 아름답다

사랑이 사랑만으로 될까

단지 그것뿐
그때나 지금이나
벽에 물든 햇살은 지울 수 없어
계속 걷는다 감춘 얼굴마다
머물다 간 시간을 계산하며 사람들은
작별 인사를 한다

팔월

지문 인식 출근 도장을 찍고
열리는 문 안으로 들어가는 사람들
넥타이의 끝을 고리에 걸고
천정 컨베이어벨트를 따라
목숨들이 줄줄이 하루를

시작한다
사직한다
사직서를 쓴다
시를 쓴다

문을 닫고 창문을 닫고
지금 밖은 아무것도 없고

세상은 이곳에 없고
세상을 닫고 시를 닫고
실험실에 갇혀 울고 있는 시간을 닫고

바람은 강에서 불어오고 돌아온 차들은 지하 주차장으로 스민다 펄럭이는 나뭇잎들 아래 가로수를 비껴 바람과 무관하게 걸어가는 사람들 한순간 차도 사람도 없는 골목 나뭇잎 흔들린다 어떤 방향성도 없이 움직인다 한 사람이 바람 속에서 담배를 피우며 걸어간다 담배 연기가 흩어지고 남자의 눈길은 스마트폰 창에서 미끄러진다 골목 끝, 벽에 막힌 방향성이 빙글빙글 돈다

지금은 어둠으로 돌아서며
몸이 받아들이지 못하는
수분에 대해 이야기할 때
산비탈 동네의 추억을 간직한
발바닥에 대해 이야기할 때
사라지지 않는 운율에 대해
흐느끼는 리듬에 대해
춤추는 머리카락에 대해

이야기할 때

어금니의 모서리가 깨졌다
떨어져 나간 부스러기를
음식과 함께 씹었다
다시 부서지는 어금니
입안 가득한 것을 뱉는다
선풍기 날개가 돌고
방은 출렁이고 바람은
돌다가 몰려 나간다

몸 안에서 단단해졌을 햇살
아무것도 깨닫지 못하고
퍼져 나가다 사라진다 깨달음이란 결국
내 것이었을 때 단단한 것
나의 선택이 누구를 매혹시킬 수 있을까
내 몸에서 떨어져 나간 것들
고맙고 그립다

오래전 내 몸을 열고 내 속을 들여다본 사람들 그들

은 무엇을 보고 무엇을 잘라냈을까 방 안에 들어가 창밖을 본다 세상이 하얗게 굳어간다

눈을 감기로 한다 창밖에 흔들리는 나뭇가지에 팔랑대는 나뭇잎들이 햇살을 튕겨내고 있다 팍팍 터지는 빛방울들

저녁이 되자
넥타이들이 차례로 지문을 찍고
문을 나선다 목숨을 버린 넥타이들이
가로등 아래 걸린다
나부낀다

고양이 의자

#

봄가을 털갈이할 때 의자는 변신한다 다리가 부러져 벽돌로 괘놓은 골목 모퉁이 의자에 앉아 있던 시간은 기록하지 않는다 너는 어느 순간 일어나 펼치지 않은 우산을 들어 올리고 바다를 향해 걷는다 결핍은 말과 말 사이 글과 글 사이에서 자란다 여백을 바꾸는 띄어쓰기 침묵을 대신하는 들숨과 날숨 어떤 장애도 없이 바다를 본다 깨달은 사람의 일은 이런 것 볼 수 없어도 바다는 모른다 가지 못해도 걸음은 멈출 수 없다 바다를 볼 수 없어 바다를 듣는다 숨을 멈추고 바다를 그린다 바다는 고요하다 바다는 시끄럽다 바다는 점점 크게 점점 작게 점점 세게 점점 여리게

##

온몸을 습기로 코팅을 하고 침대 위에 눕는다 출렁이는 바다가 침대 위에 펼쳐 있다 둥둥 떠가는 몸뚱어리 어제 한 사람이 사라진 포인트를 기억한다 그곳에서 몸이 빠져나갈 내일을 기다린다 선풍기 바람이 몸에 말린다 습기 한 겹과 바람 한 겹으로 바다의 시가 떠오른다 습기 100퍼센트의 삶이 완성된다 시는 빛나고 삶은 앓는다 빛나는 것들이 자라는 몸속 어딘가에서 무한 반복되는 노래 한 곡 꺼질 줄 모른다 노래를 따라 부르며 바다는 출렁인다 하얀 박자 일렁이는 음정 둥둥 떠다니는 멜로디 발길을 돌린다 한여름 땡볕 속이다 약속하지 않았지만 속절없이 여름이 간다 당연하다

###

잘 가라 여름 뜨거웠던 뒷골목이여
잠들었다면 영원히 깨지 마라
돌아보면 추운데 한 발 앞은 화염 속
지나다 보니 또 뒤로 흐르는 겨울

얼어붙은 한여름의 시간들아
이제 그만 기억 속에서 깨지 말기를
잠들고 잠들고 잠들어라
너의 눈빛과 웃음과 둥근 얼굴과
찰랑이는 머릿결만 깨어 있기를
손목으로 흐르는 땀줄기에 퍼뜩
또 한 생이 눕기를
오늘 그를 만났고 어제 그는 죽는다
내일은 모든 것이 날씨 때문이었다
의도된 비문, 상투투성이
이미 시제는 비동시성의 동시성의 결합

####

바람이 불 때 난 미라가 되고 싶어요
이유는 없어요 붕대를 아껴서 세상이
뒤집히지 않는다면 그렇게 해줘요 물속에 든
아이들이 모두 흰색 옷을 입고 어느 날
갑자기 하얗게 떠오르는 꿈을 꿨어요 이유는
몰라요 꿈속에서 아이들을 꺼낼 수 없다면

분석하지 말아요 해몽도 필요없어요
아이들이 하얗게 누워 허리를 젖히고
두둥실 떠오는 날 나는 붕대를 풀고 비쩍
마른 몸뚱이로 물속에 잠길래요 너무 가벼워
가라앉지 않으면 당신의 분석과 해몽을 달고
물숨을 쉬면서 천천히 가라앉을래요
내 안에 물이 차올라 내가 물이 될 때까지
바다 밑을 떠돌다가 몸뚱이가 온전히 물이
될 때 당신의 분석과 해몽이 둥실 수면으로
떠오르겠죠 바람이 부니 이제 미라가
되어야겠어요 수면도 살랑살랑 일어나기
시작하네요 그러니 당신 아직 분석과 해몽을
꺼내지 말아요

#####

우린 무더위를 견디며 곰팡이를 피웠지
지금까지 보지 못했던 아름다운 푸르뎅뎅
물 꽃다지야 물기로 코팅된 마룻바닥 위에서
슬라이딩 보드를 타며 바캉스를 즐겼지

고양이는 참 뭐랄까 뭐라고 할 수 없는
무엇이 있네 고양이는 그렇네 절창을 찾지 마라
그런 건 정형시에나 있는 것 교훈과 깨달음을
얻으려면 한시를 읽어요 소리 내어 중국어로
성조를 살려야 해요 가슴 뭉클한 감동이
살아나 눈물이 흐를 거예요 시는 그냥 시
뭐랄까 고양이처럼 사뿐사뿐 굴곡도 없이 절창도
없이 제목도 없이 감동도 없이 감정도 없이
손끝에 스쳤던 감각만이 남고 사라져가는
거예요 시는 시시하게 사라져야 해요 이제 그만
시를 놓아주세요

######

새벽 2시 돌아누운 아내에게서 풀 냄새가 난다 너에 대한 기록은 이제 탁자 위에 올려두어야겠다 아무도 찾지 않는 이 집에서 기록과 주검이 발견되는 것은 언제일까 어쩌면,

#######

너는 눈물의 왕 혼자서도 함께 운다

알람

지난밤 당신이 꾼 꿈으로 나는 오늘 하루를 산다 당신은 베개에 얼굴을 묻고 운다 나는 울고 있는 당신을 보고 있다 하루가 시작되는 소리 울음에 물든 목소리 당신은 꿈 이야기를 한다 나는 돌아누운 당신을 보며 이야기를 듣는다 오늘은 어떤 하루를 살아야 할지 생각한다 생각만 한다 생각대로 하루를 살지 못한다 나의 하루는 당신의 눈물과 베개와 꿈속 이야기를 받아 적는다

아주 오랜 옛날이었어 분명히 옛날인데 자동차를 타고 온 아저씨가 말을 사려는 거야 마구간에는 말들이 우물우물 침을 흘리며 건초를 씹어 넘기고 있었고 말들의 콧구멍에서는 힝힝거리는 소리와 함께 콧김이 뿜어져 나왔어 거기에 아저씨는 서서 말을 고르고 있었어

말을 타면 될 텐데 굳이 자동차에 말을 연결해 마차를 만들겠다는 거지 아저씨가 여러 말들 중에 고른 말은 방금 사료를 모두 먹은 흰 말이었어 콧김을 뿜으며 침을 질질 흘리는 말을 손가락으로 가리키자 말은 한 번 앞발을 번쩍 들고 나서 마굿간을 뛰쳐나갔어 아저씨도 곧바로 뛰어나가 자동차를 타고 말을 쫓기 시작했어 멀리 언덕 너머로 말이 사라지고 자동차도 넘어갔어 조금 뒤 그 자리에서 아침 해가 솟았어 너무 눈부셔 잠에서 깨어난 거야

베개는 이미 젖었고 당신은 이불을 그러잡아 올리며 울음을 참으려 애쓴다 나는 당신의 등을 조금 더 내려다보다 등을 돌려 문으로 간다 저 문을 열면 오늘 하루가 시작된다 다시 하루가 가고 밤이 온다 내가 눈을 뜨면 백야 눈을 감으면 극야 당신은 눈을 감고 내일 낮을 꿈꾼다 어둠속에서 당신은 나의 낮을 살고 나는 눈을 뜨고 당신의 잠을 본다 꿈꾸는 사람의 꿈을 보는 꿈은 나의 꿈 꿈속에서 나는 밤을 산다 꿈은 나의 맹점 잠들자마자 아침을 맞는다 당신은 내 품에 파고들어 캄캄한 아침을 맞는다 당신의 눈가에 그렁그렁 매달린 꿈 이야

기는 듣고 싶지 않았으나 나의 싫증은 불안을 덮지 못한다

사막의 밤이었어 별이 빛나고 모래언덕은 자리를 옮겨 다녔어 신기루 끝에 별이 뜨고 바람이 불고 날리는 모래 속에서 한 사람이 나타나 왕이 되었지 아무도 경배하지 않는 고독의 왕은 외로움이 모자라서 사막의 모래가 모두 외로움으로 변해도 여전히 고독의 왕이지 모래 옷을 입고 모래 왕관을 쓰고 모래 카펫 위를 걸어갔어 고독의 왕국에는 고독의 왕뿐이어서 서고 눕는 것도 모두 모래에 새겨졌어 사막여우는 이미 유령이 되었고 고독만이 정책인 왕국에서 모래에 기록된 2바이트의 정보는 서고 눕고 눕고 서고를 반복하는 중이었지 해독이 불가능한 고독의 기록을 앞에 두고 잠에서 깨어난 거야

오늘 아침 남자는 눈이 하나 더 생겼고 빨간 스타킹을 신는다 바다 소리가 들린다 스르륵 발을 감싸는 물빛이 저울의 눈금으로 나타난다 어떤 그리움이 무겁게 내려앉은 계단을 내려가며 남자는 붉은 입술을 꼭 다문

다 굳게 닫힌 문과 유리창에 새겨진 풍경은 어제의 것 이다 남자의 배 속엔 고양이가 자라고 있다 철재 침대 위에 철 매트리스를 깔고 고양이의 안위를 걱정한다 쇠 부딪는 소리를 흉내 내며 고양이는 자란다 곧 해산의 날이 오면 스타킹을 찢고 튀어나올 쇳소리를 남자의 다리는 감당할 수 없을 것이다

잘 자라 우리 아기 앞뜰도 뒷동산도 아이스크림 집 그림자에 모두 젖어들어라 스프링이 곧 튀어 오를 테니 모두 해를 쳐다보며 압력을 즐겨다오 아가들이 잠에서 깨면 팍팍 터지는 봄을 맞이하리니 잘 자라 우리 아가 침대의 모서리에 몸을 말고 가장 깊은 수축을 보여다오

둥실 떠 있는 아이스크림 집을 본 것은 고양이가 날카로운 발톱을 드러낼 때 아이들은 그 아래에 몰려들어 입을 벌리고 아이스크림 집이 흘리는 그림자를 받아먹는다 일식보다 어두운 그림자가 흘러내리고 아이들은 탄성을 지른다 가끔 비뚤어진 액자가 그림자와 함께 떨어진다

언제 거기 불 켜진 적 있니 마음은 언제나 어둠속 해가 떠도 보이지 않아 춘분이 지나야 봄도 밝은 봄이야 안녕 인사하고 다시 오더라도 끝 간 데까지 갔다 오렴 나는 한동안 밤낮없이 빛의 끝으로 내달리려 해 황홀한 날이 이어지면 불면도 환하게 피어나겠지 밤 아닌 밤의 끝에서 나는 돌아갈 테니

나무가 걷는다 사람과 사람 사이 꿈속에서 잎이 자라고 꽃이 피고 열매가 맺힌다 사람과 사람 사이 햇살을 받으며 걷는다 나는 그린다 나무의 시작과 사람과 사이와 사이의 사람과 사람과 사람 사이의 걸음과 나무의 맺음과 가끔 빛나는 열매와 열매와 걸음과 걸음 사이의 사람들

나무들이 걸어간 길을 같이 걸어요 길은 열려 있어 걸음이 한없이 느려지네요 길이 닫히기 전에 그곳에 가야 해요 바삐 걸어요 그곳이 어딘지 몰라도 그냥 걸어요 나무의 길이 끝나면 그곳이 바로 그곳일 테니

나무는 나무의 길을 걸었고 나는 꿈속을 걷는다 영원

히 다다를 수 없는 그곳 진행은 없고 완료만 있는 길 현재형은 없고 과거형만 있는 길 동사의 기본형이 가로수에 매달린 길 빨간 펜을 들고 더 깊은 꿈속으로 들어간다 밑줄을 죽죽 그어대는 나는 그곳의 현재형이다

너라는 화자

가끔

나를 보고 있는 너를 생각해

볼 수 없는 너, 한 번도 말한 적 없는 너, 듣고 있겠지, 그 겨울 무명 이불 속에서 흐, 느꼈던 너를 잊을 수 없어…

이렇게 시작했던 찢어진 편지

사라진 블로그를 복원하며

바다로 간 여자는 모두 열여섯

바닷가 모래사장에 여기저기 흩어져 있네

서로 눈빛도 마주치지 않고

말을 나누지도 않아

움직이는 방향도 제각각
그들의 공통점은 오직 그림자
파도는 규칙적으로 여자들을 기록했고
그림자의 방향으로
여자들이 눕기 시작했어
햇살에 밀려 꿈들이 흘러가네
여자들이 모두 사라진 뒤
먼바다의 파랑은
여자들의 목소리를 하나하나 들려주었어

묵음일 때 너는 자각한다
호명될 때 너는 부끄럽다

늘어진 티셔츠를 걱정한 적 있니
꿈틀대는 메스 자국이 드러난 적 있니
누군가 힐끗 보며 지나갈 때 목 위로 불쑥 솟은 얼굴이 화끈거린 적 있니
꿀꺽, 침 삼킬 때 늘어진 목이 흔들린 적 있니
여백을 맞추려고 어깨를 들썩인 적 있니
가던 길 멈추려고 팔을 늘어뜨린 적 있니

묻지도 않은 것들이 네 안에 존재한 적 있니

한 팔을 들어 대답한다
누가 부르지 않았는데도 부끄럽다
얼굴이 없으니 뭐라도 붉어진다

너는 잉크로도 자판으로도 움직였어
가끔 관성으로도 움직였지
아름다움은 내일 아침에도 같아야 해
빛에도 바람에도 바래지 않는 공기
앞에서 끌고 뒤에서 밀면
사라지는 너
말보다는 입술 글보다는 부호
부호 하나하나를 그리며
넌 세미콜론을 지우네

벚꽃 휘날리던 날 너는
무지개 강에 몸을 던진다 날리는
벚꽃 잎도 너를 말리지 못해
첨벙, 무지개를 섞으며

붙이지도 띄어 쓰지도 못한 생이 가라앉는다

너는 노란색 가운을 입고
파란색 침대에 걸터앉았어
파란색 위 노란색은 선명해
너의 말이 한자로 둥둥 떠다녔어
한자들은 선명했고
선풍기 바람은 너의 말을 하나하나 날려버렸지
나는 너의 말과 침대와 가운을 표절하고
하늘을 담고 바람에 흔들리는
창문은 내게 항의했어
너는 침대에 누운 채 나를 올려다보며
말문을 닫았어

세상에서 시를 지우는 너는 천생 시인이다
이제 돌아갈 때가 가까워진다

너는 구조를 아냐고 내게 물었지
구조는 아는 것이 아니라
하는 것이라고 나는 말했어

너는 말장난하지 말고 구조를 아냐고 다시 물었어
나는 진지하게 다시 구조를 생각했어
구조하지 않는 게 구조라고 나는 말했어
내 말이 채 끝나기 전에
너는 무너지기 시작했어

잠시 침묵 이어진 긴 침묵

멀리 또 가까이에서
무언가 무너지는 소리
들리니
너는 보이지 않고
내게 속삭이는 너의 목소리만 들리고
대답하려 했으나
긴 침묵은 계속되고
다시 침묵 속
너의 목소리가 흐트러지는 것을 나는
지켜보고 있었어
너는 너의 그림자를 입고 거울 앞에 서서
움직이는 선풍기 날개를 보려고 두 눈을 부릅뜨고

흔들리는 그림자 옷이 내 몸을 간질이고
고양이 꼬리가 길게 늘어지는
오후 5시의 너는 홑따옴표 안에 갇혔어

너를 볼 수 있는 건 단지 시간 때문이다

너를 보고 너를 말하고 너를 느끼고 너를 입고
너를 쓰고 너를 걷고 너를 살고 너를 죽였지
너는 너 아닌 너
시간만이 유일한 두려움
기차 소리가 들려오고
너의 시간을 가질 수 있다면 나는
괴물이 되어도 좋아

숨어 있는 너를 이제 잊어야 한다
너를 찾을 수도 만날 수도 느낄 수도 없으니
너를 잊는 것도 잊어야 한다

3부

—

너라는 너는

말문을 연다 얼었던 강물이 녹아 흐르고 바람이 낙엽을 굴리고 너는 하늘을 쳐다본다 철새 떼가 강물을 떠나고 너는 눈을 감는다 제설함에 기댄 빗자루가 흔들리고 너는 지난날을 지운다 언뜻언뜻 드러나는 주차장 구획선을 밟고 너는 흐느낀다 강물과 말문과 바람과 낙엽과 철새와 제설함과 빗자루와 지난날과 주차장 구획선은 울지 않고 너는 운다 울지 않아서 울고 울어서 울지 않는다 비 오는 날 젖는다 젖은 길 젖은 지붕 젖은 벽 젖은 우산 우산을 든 사람이 지나간다 젖은 길을 따라 젖은 지붕 아래 젖은 벽을 돌아 젖은 우산 아래 너는 젖지 않는다 너는 눈을 뜨고 젖은 우산을 들고 젖은 길을 본다 젖은 지붕을 본다 젖은 벽을 본다 젖지 않은 너는 젖는 것과 젖은 것을 본다 너는 모서리를 좋아한다 너는 벽을 좋아한다 너는 창틀을 좋아한다 너는 양말을 좋아한다 너는 먼지를 좋아한다 너는 발판을 좋아한다 너는 손잡이를 좋아한다 너는 자물쇠를 좋아한다 너는 종이컵을 좋아한다 너는 그림자를 좋아한다 너는 낙엽을 좋아한다 너는 잔설을 좋아한다 너는 고양이를 좋아한다 너는 발자국을 좋아한다 너는 재봉틀을 좋아한다 너는 의자를 좋아한다 너는 모니터를 좋아한다 너는 너를 좋아한다 너는 좋아한다를 좋아한다 접영 배영 평영 자유형 순서대로 계절을 호흡하고 물 위를 떠가는 것만이 전부인 시간을 돌아 너는 생각한다 폼은 봐줄 만한가 삶은 혼영으로 계절을 헤쳐 나가는가 물속에서도 녹지 않는 의문들 상투뿐인 은유들 깨달을 것도 없이 깨닫는 시들 눈을 감으면 떠오르는 버스 눈을 감으면 떠오르는 정류장 눈을 감으면 떠오르는 문 눈을 감으면 떠오르는 거리 눈을 감으면 떠오르는 행진 눈을 감으면 떠오르는 연기 눈을 감으면 떠오르는 창살 눈을 감으면 떠오르는 보도블록 눈을 감으면 떠오르는 숫자 눈을 감으면 떠오르는 종이 눈을 감으면 떠오르는 어깨 눈을 감으면 떠오르는 얼굴 눈을 감으면 떠오르는 웃음 눈을 감으면 떠오르는 눈물 눈을 감으면 떠오르는 햇살 눈을 감으면 떠오르는 어둠 눈을 감으면 떠오르는 죽음 눈을 감으면 떠오르는 너 통화하는 동안 가스밸브는 열렸고 고양이는 마루를 가로질렀고 가습기는 수증기를 뿜어냈고 커피는 식었고 냉장고 문은 열렸고 커튼은 젖혔고 햇살은 책장에 닿았고 신발은 가지런해졌고 쿠션은 부풀었고 기타 줄은 풀렸고 라디오는 꺼졌고 변기 물은 돌았고 부채는 접혔고 화분의 물기는 말랐고 세탁기는 멈췄고 창문은 닫혔고 촛불은 켜졌다 너는 머리에 머리를 쓰고 머리에 머리를 담고 머리에 머리를 감고 머리에 머리를 빗고 머리에 머리를 쓰다듬는다 주먹에 주먹을 쥐고 주먹에 주먹을 넣고 주먹에 주먹을 휘두르고 주먹에 주먹을 흔들고 주먹에 주먹을 감싼다 머리의 시간 주먹의 계절 이 세상 저 세상 사이를 건너는 흔들리는 왼손 자동차로 가득 찬 도로에 눈이 내린다 정체된 차들은 배기가스만 하얗게 내뿜으며 움직이지 못한다 눈이 내리는 길 버스와 택시와 자가용과 트럭 들 지붕에 눈이 쌓인다 자동차 때 틈으로 눈이 파고든다 눈은 와글와글 쌓인다 차들이 모두 흰 소리에 갇힌다 길 양쪽 바깥 차로를 차지한 경찰버스가 소란한 눈에 덮인다 구분을 지운다 경계를 덮는다 눈 아닌 눈과 눈인 눈 거리는 더욱 어둡다 눈 위에 눈이 내린다 그 눈 위에 눈이 내린다 또 그 눈 위에 눈이 내린다 다시 그 눈 위에 눈이 내린다 또 다시 그 눈 위에 눈이 내린다 쌓인 눈 위에 눈이 내린다 덧쌓인 눈 위에 눈이 내린다 겹겹이 덧쌓인 눈 위에 눈이 내린다 층층이 쌓인 눈더미 위에 눈이 내린다 모든 수식어를 덮어버리고 눈이 내린다 눈이 내린다 눈에 내린다 눈은 섞이지 않는다 오래된 눈도 섞이지 않는다 그 위에 새 눈이 내리고 오래된 눈은 오래된 눈으로 구분된다고 말하는 너는 바람에 휘청이는 너는 레깅스조차 헐렁한 너는 젓가락행진곡처럼 걷는 너는 햇빛을 등지고도 밝은 너는 실바람에도 흔들리는 너는 숨소리 가느다란 너는 새 발자국보다 얇은 너는 계단처럼 언덕을 오르는 너는 달빛에도 눈부신 너는 성경책 속지만큼 얇은 너는 책갈피처럼 책을 보는 너는 그래도 두 발로 걸으며 횡단보도를 건너는 너는 파란불이 여전히 점멸하는 신호등을 다 가리지도 못한 채 너는 말한다 은유가 싫어 주먹을 쥐어 보이는 너는 몸에 풀이 돋고 가슴에 나무가 자란다 점점 창백해지는 너는 무성하게 파릇파릇해지는 너의 몸뚱이 위 풀밭 위 나무 위 나무 위 나무들 비가 내리고 물이 흐르는 사이 새가 노래하고 나비의 날갯짓이 일으킨 바람에 꿈꾸는 너는 더욱 창백해지는 너는 웃자란 풀밭 위에 해가 뜨고 달이 뜨고 이슬이 내리고 눈이 쌓인다고 말하는 너는 창백해질 대로 창백해진 너는 눈을 얹은 나무에 붉은 꽃이 피고 뚝뚝 떨어지는 풍경에 물드는 너는 감았던 눈을 뜨고 쥐었던 손을 펴고 천천히 몸을 일으키는 너는 속이 다 들여다보이는 너는 파란 하늘 천천히 흐르는 흰 구름 빛바랜 잔디 어둠을 감춘 언덕 멈춘 그네 녹슨 자전거 나무로 된 프레임 햇살 번지는 방 안 헝클어진 침대 시트 구석에 말린 고양이 털 여기서 영원히 멈춘 시간을 표시하는 건 오직 하나 스물다섯 번째 반복되는 블루스 이빨자국 난 팬케익 노크 소리를 기록하는 문 네가 선 자리 뒤에 밤이 오고 별이 뜨고 그 속으로 무수한 날이 사라졌으나 눈부셔 아무것도 보지 못하는 너는 여전히 어둠을 달고 다니는 너는 별 사이로 빛보다 빠른 어둠 감은 눈을 뜨지 못하는 너는 아직은 어둠을 벗지 못하는 너는 이유가 없는 너는 발걸음을 옮길 때마다 삐걱삐걱 어둠이 소리를 낸다 네가 달고 다닌 어둠이 네 발목을 잡고 놓아주지 않는다 어둠을 흘리며 너는 눈을 감고 내달리며 생각한다 냉철한 낭만의 시대, 시는 행복한 별을 찾을 수 있는 두 눈을 가졌는가 영원한 미제 끝나지 않는 시대 낭만에 두 눈 멀어 계단을 오른다 마이크와 마이크 사이의 마이크 시효도 없는 낭만 호루라기 소리를 교정하는 면회 말을 잃어버린 철문 일주일 뒤에 다시 떠오르는 음악 한숨 한 번 쉬는 동안 시간은 자정을 넘는다 눈앞이 캄캄한데 안경사는 무엇을 같이 보자 했을까 차라리 잠들어 꿈꾼다 낭만의 달리기 들판을 휘저으며 너는 그리운 기억을 거역한다 너를 기다린다 한쪽 손은 장갑을 벗고 한쪽 손은 장갑을 낀 채 벗은 장갑을 쥐고 성애 낀 유리창 너머 인도 너머 차도 너머 반대편 인도의 모퉁이 택시에서 내리는 너를 기다린다 성애가 더 두꺼워지고 창밖은 더 흐릿해진다 길을 건너는 너를 기다린다 바람에 옷깃을 붙든 너를 기다린다 날리는 머리결을 따라 고개를 돌리는 너를 기다린다 보도블록을 밟고 올라서는 너를 기다린다 손바닥을 펴며 성애 낀 유리문을 미는 너를 기다린다 너를 기다리는 너를 기다리게 하는 너를 기다린다 장갑 한 짝을 잃은 그곳에서 너를 기다린다 그런 날이 있다 마카롱은 떠오르지 않고 모나카만 떠오르는 날 그런 날이 있다 비키니는 떠오르지 않고 후쿠시마만 떠오르는 날 그런 날이 있다 원피

스는 떠오르지 않고 방울방울만 떠오르는 날 그런 날이 있다 만델링은 떠오르지 않고 크렘린만 떠오르는 날 그런 날이 있다 스크린 사이 해가 뜬 날 떠올랐던 단어가 지워진다 버스 정류장 안내 화면 기다리는 버스는 아직 오지 않고 몇 분 뒤에 도착한다는 글자만 뜬다 한 여자가 모자를 쓰고 머리를 숙인 채 버스 정류장으로 온다 흘깃 안내판을 보고 다시 고개를 숙인다 파리한 얼굴에 버스 도착 시간이 새겨진다 또 다른 여자에게서 전화가 온다 전화를 받으며 버스를 기다린다 한 여자는 여전히 고개를 숙이고 기다린다 기억할 것을 가방에 주렁주렁 매달고서 너는 손톱자국이라는 한자를 떠올린다 발음은 모른다 멍하니 떠오른 글자만 쳐다본다

당신이라는 익숙함

*

그것은 복숭아 그것은 구슬 그것은 얼굴 그것은 달 그것은 비누 그것은 바둑돌 그것은 머리 그것은 꼬리 그것은 병 그것은 눈 그것은 입 그것은 귀 그것은 동전 그것은 얼음 그것은 이파리 그것은 바퀴 그것은 공 그것은 주먹 그것은 엉덩이 그것은 마우스 그것은 발뒤꿈치 그것은 사과 그것은 백열등 그것은 밥그릇 그것은 머리띠 그것은 찻잔 그것의 발그레함 그것의 튕김 그것의 웃음 그것의 어두움 그것의 닳음 그것의 놈 그것의 흔듦 그것의 채움 그것의 봄 그것의 먹음 그것의 들림 그것의 바꿈 그것의 녹음 그것의 흔들림 그것의 구름 그것의 남 그것의 휨 그것의 볼록함 그것의 쥠 그것의 닿음 그것의 떨어짐 그것의 꺼짐 그것의 비움 그것의 두름 그것의 듦 그것은 그것의 그것 그것의 그것은 그것 어둠에 싸인 그것 그것에 싸인 그것 둥근 그것 둥긂은 그것

*

빛이 있고 또 빛이 있고 빛이 있으니 어둠은 어둠 속에서 어둠에 싸여 어둡다 언제 흘러간 적이 있었던가 짊어지고 언덕을 오르는 이여 그것을 벗어 내게 주오 하여 그는 그것을 짊어지고 언덕을 올라 그것 위에 올랐다 모두 죄를 지었으나 아무도 벌을 받지 않았다 빛은 아래로부터 어둠은 위로부터 그것을 둘러싼 어둠과 빛과 찬란함과 옹색함이 뒤섞이는 날이 수천 년 전부터 이어져오고 있다 날들은 찬란하고 어둡다 그것은 부재不在하는 것의 부죄不罪 끝없이 움직이는 정지 어둠의 빛 빛의 어둠

*

(너는 어디에 있었니) 얼음 속에 있었어요 (언제 깨어났니) 당신의 눈물이 뚝뚝 떨어져 얼음을 녹였잖아요 (표정이 살아 있구나) 얼음이 녹으면서 얼굴을 간지럽혔어요 (왜 자꾸 웃니) 당신의 눈에서 아직도 눈물이 떨어져요 (나는 슬픈데 너는 웃는구나) 기쁘지 않아요 간지러워요 (왜 움직이지 않고 거기에 섰니) 당신의 눈물이 발밑에서부터 얼고 있어요 (어서 발을 빼렴) 늦었어요 발도 얼고 있어요 (곧 표정도 얼겠구나 실컷 웃어두렴) 당신의 눈물이 멈췄어요 내 웃음은 움직이지 못해요 살아 있어요 (움직이지 못하는 웃음은 웃음이 아니란다) 그래도 웃을 수 있으니 움직이지 않아도 좋아요 (웃을 수 있는데 움직이지 못하는 너를 보니 슬프구나) 아 당신의 눈에서 눈물이 다시 흘러요 (곧 엉덩이가 얼겠구나) 눈물은 흐르고 내 몸이 얼어요 얼음 속에서 울고 눈물 속에서 웃어요

*

그것에서 내려온 너의 손에는 빛에 뚫린 구멍이 있다 빛은 손가락을 헤집고 들어와 구멍을 만든다 구멍은 밝

고 손은 어둡다 한 손의 어두움을 다른 손이 알지 못하게 하는 것은 불가능하다 다른 손도 빛의 구멍을 쥔 채 천천히 어두워진다 어두운 두 손 밝은 두 구멍 두 손이 쥔 텅 빈 것들 어둠이 쥘 수 있는 건 빛밖에 없다 빛은 두 손에서 오롯이 빛이 된다 두 손이 빛을 쥔다 어둠이 빛을 편다 빛을 쥐락펴락할 수 있는 것은 두 손밖에 없다 빛을 쥔 손이 빛을 편 손과 서로 마주한다 부딪는다 빛나는 소리가 난다

*

구멍 속에서 날아간다
구멍의 자유로움 구멍의 속박 구멍의 빛남
어둠의 비상 속박의 비행
비행은 어둠을 자유롭게 풀어놓는다
날아가고 날아오고
빛 가운데 어둡다

*

바라본다 어둠 속에서 어둠을 입고 어둠을 걷어내고 바라본다 봄은 봄에만 있는 것은 아니다 바라봄의 봄 곧 여름 바라본다 바라보는 뒤에는 보이지 않는 어둠 돌아보지 않으면 영영 어둠 돌아보아도 굳어버리는 어둠 어둠에 몸을 묶고 어둠으로 귀를 막고 바라본다 어둠의 봄은 어둠 속에서 봄 여전히 바라본다 굳어가는 바라봄 영영 어둠 보라 봄이다 눈물이 마르는 봄이다 온몸의 물기가 증발하는 봄이다

*

어둠이 창문을 연다 하늘이 저만치 오른다 폭포수처럼 쏟아지는 빛 창문에 걸린다 창 안으로 흘러드는 빛 어둠을 긁고 거울에 붙는다 창 안은 거울 창밖은 빛에 그을리는 어둠 벽의 거울 당신은 거울 속에 있다 어둠 속에 있다 타일 벽이 매끄럽게 어둠을 가른다 어둠이 창문을 닫는다 하늘은 어느새 어둠 위에 덮인다

*

(너는 어디에 있었니) 아무 데도 없었고 어디에도 있어요 (언제 깨어났니) 아무 데서도 잠들었고 어디에서나 깨어 있어요 (표정이 살아 있구나) 잘 그려 넣은 얼굴이에요 (왜 자꾸 웃니) 웃음도 그릴 수 있어요 (나는 슬픈데 너는 웃는구나) 슬픔을 지우고 웃음을 그려 넣으세요 (왜 움직이지 않고 거기에 섰니) 아직 다리와 발을 그리지 못했어요 (어서 발을 빼렴) 그럼 발 없는 유령이 되겠어요 (곧 표정도 얼겠구나 실컷 웃어두렴) 얼어도 좋아요 그 위 표정을 그리고 또 얼면 그 위에 또 그릴 거예요 (움직이지 못하는 웃음은 웃음이 아니란다) 그래도 웃음을 그릴 수 있으니 멈춰 있지 않을 거예요 (웃을 수 있는데 움직이지 못하는 너를 보니 슬프구나) 발에도 다리에도 그릴 거예요 온몸이 웃음인 사람이 되고 싶어요 (곧 엉덩이가 얼겠구나) 엉덩이에도 웃음을 그릴 거예요 실룩실룩 웃는 엉덩이를 갖고 싶어요

*

손바닥을 펼치면 쥐고 있던 빛이 푸드득 날아간다 빛의 입자가 우수수 떨어지는 계절 빛이 날아간 길은 파

동이 일고 하늘은 온전히 빛답다 기울어가는 빛의 시간 고개를 떨어뜨리기 전에는 미색이어도 좋다 종이 위의 미색과 허공의 어스름 손을 천천히 내린다 빛이 손끝을 따라 내려온다

*

어둠 속에는 어둠의
빛 뭉쳐 떠오른다 올려다보면
나타나는 어둠 걸어가면
사라지는 빛
올려다보며
걸어가는
천 길 낭떠러지도 두렵지 않은
둥글둥글 두둥실
떠오르는 어둠

*

빛이 내린다 당신은 없는데 하늘이 내린다 당신은 없

는데 흔들리며 내린다 당신은 없는데 쌓이며 내린다 당신은 없는데 텅 빈 곳에 내린다 당신은 없는데 꽉 찬 곳에 내린다 당신은 없는데 내린 곳에 내린다 당신은 없는데 쓸어낸 곳에 내린다 당신은 없는데 없는 곳에 내린다 당신은 없는데 계속해서 내린다 당신은 없는데 당신이 내린다 당신이 없는데

*

바라본다 창밖에서 바라본다 창 안에서 창밖은 창 안을 보고 창 안은 창밖을 외면한다 창 안은 벽을 바라본다 창 안은 빛을 받고 창밖은 빛을 거둔다 벽은 오후 8시 블라인드의 시간 창밖을 가리는 선명한 시간 창밖은 창 안을 보고 창 안은 벽을 본다 서서히 블라인드가 내려온다 여전히 창밖은 창 안을 보고 창 안은 벽을 본다 블라인드도 어쩌지 못하는 봄

*

그것은 물고기일까 그것은 나비일까 그것은 그것일

까 그것이 그것이기도 전에 물고기였고 나비였을까 그것은 정말 그것일까 그것의 그림자가 얼어 있다 그것의 그림자는 투명하다 얼어 있는 투명한 그림자의 그림자는 그것의 그림자일까 그것이 그것일지는 그것이 녹아야 알 수 있을까 물속으로 달아날지 허공으로 날아오를지 그것은 녹아야 알 수 있을까 천천히 그것이 녹는다 똑똑 떨어지는 그것의 작은 그것 곧 그것은 날아오르거나 헤엄치거나 그것 할 테니 기다리는 동안 투명한 그것의 그림자를 찾아야 한다

*

당신은 벽이었던 적이 있다 눈을 뜨니 사막이다

*

사막에서도 눈물은 마를 날이 없다 오아시스의 날 오아시스의 슬픔 한 때의 눈물샘이 사막으로 행진하는 날 별빛도 사라진 사막의 그 밤이 오면 텐트 속 어둠을 비추는 거울이 밤새워 어둠이 된다

*

사막을 건너도 사막이에요 눈물이 마르지 않으니 그래요 숲속에서도 사막을 건너온 슬픔이 자라나나 봐요 빛이 자라고 어둠이 자라고 모두 자리하고 남는 자리에 다시 슬픔이 자라나 봐요 뒤돌아보지 말아요 눈부신 숲속 사막이에요 당신이 쏟아내는 눈물이 온 사막을 적셔도 끝나지 않을 슬픔이에요 서서히 얼굴을 지우고 걸어오세요 숲속에서 숲속으로 사막을 두고 이제 숲속으로 오세요

*

나무들이 나뭇잎을 모두 떨구고 가지는 가지런히 하늘을 쓴다 하늘은 어둠을 한 꺼풀씩 벗는다 당신이 있던 곳도 둥글게 번진다 당신의 색은 옅어지고 하늘색이 그 위를 덮는다 물기 하나 없는 하늘이 챙 하고 깨질 듯이 긴장하고 있다 당신이 없는 당신의 자리 아무것도 없는 곳은 어디나 당신의 자리

*

모든 빛이 빛나는 것은 아니다 어둠도 빛을 낸다 달은 어둠의 빛이다 일식, 비로소 어둠의 빛을 본다 빛 가운데 어둠의 빛 당신은 돌아보지 않았어야 했다 그때 당신은 사라지고 당신의 자리는 텅 비었다 빈자리로 당신은 존재한다 당신은 없지만 당신이 있는 그런 공간 눈을 감아야 마침내 보이는 당신의 모습 오늘 해를 가리고 날아가는 새 한 마리 그림자를 던져 길을 보여준다 텅 빈 자리에서 당신은 없으므로 있는 당신의 자리를 알려준다 한동안 아무것도 없는 방에는 갈 수가 없었다 당신의 고통이 거기 투명하게 남아 있으니

*

흔들린다 당신의 몸이 잠겼던 자리
당신의 이름이 반짝였던 그곳
매달려 흔들린다 하늘거린다
흔들리는 것은 빈 곳
당신이 있었던 자리

당신이라는 익숙함
당신이라는 부재
당신이라는 찬란
당신이라는 어둠
당신이라는 빛
당신이라는 당신
당신이 없는
곳의 당신
당신인
당신
텅
빔

트위스터

당신이 보냈다는 시는 오지 않았다. 이제 나는 일기를 쓰겠다. 요절도 아니고 자연사도 아닌 나이, 시인은 죽음 이후를 산다. 하지만 이 글은 픽션이며, 모든 인물은 지어낸 존재다. 그러므로 나는 나가 아니고 너는 너가 아니다. 사물은 사물이 아니고 풍경은 풍경이 아니다. 정황은 정황이 아니고 국면은 국면이 아니다. 묘사는 묘사가 아니고 진술은 진술이 아니다. 말은 말이 아니고 문장은 문장이 아니다. 허구는 허구가 아니고 존재는 존재가 아니다. 시는 시가 아니고 언어는 언어가 아니다.

_「배달 사고」

·—··ˇ—/·— —·ˇ··—ˇ— —·/— —ˇ·ˇ···—

밤길을 걸을 때 가로등 불빛이 습기를 누르고 내려앉을 때 깨진 아스팔트 틈에서 자란 풀들이 흔들릴 때 느닷없이 나타나는 너를 본다. 거기서 여기까지 스르르 가로등 불빛을 쓸며 너는 갑자기 눈앞에 나타난다. 눈을 크게 뜨면 사라지는 너, 한숨을 쉬면 나타나는 너, 수줍게 흔들리며 이동하는 너. 사라졌다 폭포수 같은 불빛을 받으며 나타나는 너를, 보았다 너를 보았,다 너를 보았다, 과거형으로 웅얼거리면 눈앞에 서 있는 너.

—·—ˇ·/———ˇ·—/···—ˇ··—/·——·ˇ—··ˇ——

대필은 관계없이 이루어지지 않는다. 표절은 단절할 때 완벽해진다. 도용은 공소시효 남은 완전 범죄다.

——ˇ··—/···—ˇ—/···—ˇ··—ˇ—·—

길가에서는 어디든 목도되는 장면. 아이의 팔을 잡아당기는 아저씨. 아이는 끌려가지 않으려고 활처럼 몸을 휜다. 버틴다. 툭, 아이의 팔이 빠지고 쭈욱, 늘어난다. 재현도 아니고 반영도 아니고 기록도 아니고 묘사는 더더욱 아니다. 말을 걸고 말을 걸고 묻고 또 묻는다. 입 없는 몸이 살을 찢고 가둬둔 소리를 쏟을 때까지.

·—··ˇ—/·——·ˇ··—ˇ——·/——ˇ·ˇ···—

오늘 밤 너는 긴 머리를 휘날리며 나타났지. 너는 머리가 거의 빠졌었는데 어쩌다 머리가 자란 거니. 너는 웃으며 아무 말이 없었지. 가까이 다가가 확인하고 싶었지만 바람이 몹시 불어 몸을 가눌 수가 없었어. 어둠

마저 몰아갈 듯 부는 바람에도 너는 꼿꼿하게 서 있었지. 밤은 너로부터 시작된 것이 아닐까 하는 생각이 불현듯 들었어. 그때 네 머리에서 짐승들이 튀어나오기 시작했어. 갈기를 날리며 털을 흔들며 수많은 짐승이 밤으로 달아났어. 짐승들이 달아난 네 머리는 다시 민머리가 되었어. 바람은 멈추고 너는 힘을 잃고 비칠대기 시작했어. 가까이 다가가서 너의 몸을 안았어. 너의 몸이 흐물흐물하다고 느끼는 순간 네 머리는 내 몸을 빨아들였어. 소리도 지를 새 없이 나는 흩날리는 네 머리가 되어 있었어.

—•—ˇ•/———ˇ•—/•••—ˇ••—/•——•ˇ—••ˇ——

아름다움에 역사가 있을까. 지나간 것은 보이지 않는다. 기억은 눈의 일이 아닌 귀의 일. 듣고 말하고 주고받는 것은 아름다움이 아니다.

——ˇ••—/•••—ˇ—/•••—ˇ••—ˇ—•—

들리나요? 이제 당신 차례예요. 하고 싶은 말을 하세요. 천천히 떠듬떠듬 비명은 말이 되고 새가 되고 베개가 되어요. 당신의 베개 밑에서 슬퍼할 사람은 아무도 없어요. 베개 밑에 눈물 대신 말들을 쏟아놓아요. 그렇게 해요. 그러니 들린다면 말하세요. 이제 시간이 되었어요.

•—••ˇ—/•———•ˇ••—ˇ———•/——ˇ•ˇ•••—

너는 바다에서 방금 돌아왔다 했다. 한때 물고기였던 너는 비늘을 뚝뚝 흘리며 돌아갈 길을 표시했다 했다. 어둠 속에서도 너는 몸을 빛내며 걸었다 했다. 물속은 사각사각 반짝이는 소리를 냈다 했다. 어느 날 아주 큰 파도가 해안으로 몰려간 후 뒤집힌 배에서 숨진 어부를 발견했다 했다. 그를 깊은 물속으로 밀고 내려갈 때 비로소 네 몸의 지느러미 하나가 팔로 변했다 했다. 천천히 아주 천천히 어부의 몸을 움켜잡고 물속 어둠으로 내려가 주검을 지웠다 했다. 지느러미가 사라지고 팔과 다리가 자라나 너는 더 이상 바다에 살 수 없었다 했다. 완전한 어둠이 될 때까지 빛을 흘리며 너는 걷고 또 걸었다 했다.

—•—ˇ•/———ˇ•—/•••—ˇ••—/•——•ˇ—••ˇ——

파도는 사그라질 뿐 사라지지 않는다. 조명이 꺼져도 빛은 사라지지 않듯 존재는 언제나 그 자리에 있다. 외면만이 모든 것을 사라지게 할 뿐이다.

——ˇ••—/•••—ˇ—/•••—ˇ••—ˇ—•—

아저씨, 아저씨 잘 가요, 내 팔과 함께 멀리멀리 잘

가요.

얘야, 너는 왜 저쪽으로 가니? 네 팔은 여기 있단다. 어서 팔을 따라 오렴.

아저씨, 내 이름을 부르지 마요, 나는 꽃이 되기 싫어요, 꽃도 십자가도 없는 무덤 앞에서 울지 말아요, 나는 그곳에 없어요.

•—••ˇ—/•——•ˇ••—ˇ——•/——ˇ•ˇ•••—

사람 얼굴을 한 나무를 보았다, 너는 어디 있었니?

—•—ˇ•/———ˇ•—/•••—ˇ••—/•——•ˇ—••ˇ——

철길 위에서 만나는 것은 열차다. 기차가 지나간 뒤에도 결코 만나지 못하는 철길 사이를 채우고 있는 것은 돌멩이다. 돌멩이들 사이로 꽃이 핀다. 봄이다. 영원성을 무색케 하는 아름다움.

——ˇ••—/•••—ˇ—/•••—ˇ••—ˇ—•—

손톱마다 울긋불긋 꽃 대궐 같은 손톱 장식 붙인 이 팔이 네 팔이니?

아니에요, 내 팔은 그런 팔이 아니에요.

손목 안쪽 가득 아토피 자국 오돌토돌 얽은 이 팔이 네 팔이니?

아니라니까요, 내 팔은 라이크 버진, 태어났을 때의

모습을 간직하고 있어요.

•—••ˇ—/•——•ˇ••—ˇ——•/——ˇ•ˇ•••—

느닷없이 나타난 너는 내 머리를 싹뚝, 자른다. 멍하니 바라보는 나에게 너는 말한다. 이유는 없어, 탐스러운 것은 이유가 되지 않아, 탐스러운 건 탐스러운 것. 너는 돌아서 간다. 나는 여전히 멍하니 바라본다. 너는 보이지 않고 탐스러운 목소리만 들린다. 무언가 뚝뚝 떨어지는 소리, 골목 끝 창문의 불빛이 흔들리는 소리, 흔들리는 몸의 소리, 소리와 소리 사이에 남아 있는 너의 목소리.

—•—ˇ•/———ˇ•—/•••—ˇ••—/•——•ˇ—••ˇ——

변온동물보다 더 나를 놀라게 하는 것은 변심동물이다.

——ˇ••—/•••—ˇ—/•••—ˇ••—ˇ—•—

손등에 복실복실 순수한 잔털이 돋은 이 팔이 네 팔이니?

아니에요, 정말. 아저씨, 아저씨 내 팔을 내놓아요. 내놓지 않으면 아저씨 머리를 구워 먹을 거예요.

•—••ˇ—/•——•ˇ••—ˇ——•/——ˇ•ˇ•••—

오늘 밤은 너의 꿈에 눈과 코와 입과 귀가 달리는 날.

—•—ˇ•/———ˇ•—/•••—ˇ••—/•——•ˇ—••ˇ——

죽은 자는 말없이 말을 남긴다. 작가는 자신의 글만큼 죄를 짓는다. 말이 곧 죄인 세상. 영리한 작가는 죽음을 택한다.

——ˇ••—/•••—ˇ—/•••—ˇ••—ˇ—•—

네 팔은 아직 돌려줄 수 없구나. 이곳은 참, 말이 없고 글만 있는 세상, 외로 된 사업에 골몰하는 세상, 사람들은 모두 몸 없는 팔짱을 끼고 말없이 걸어가는 세상, 네 팔은 누가 끼고 갔는지 알 수가 없구나.

•—••ˇ—/•——•ˇ••—ˇ——•/——ˇ•ˇ•••—

눈이 내리면 너는 하얗다. 눈이 내릴 때 너는 너다. 투명한 네 몸의 경계, 하얀 눈 하얀 코 하얀 귀 하얀 입 하얀 목 하얀 팔 하얀 다리 하얀 손 하얀 발 하얀 배 하얀 가슴 하얀 심장 하얀 핏줄 하얀 피 하얀 맥박 하얀 소리, 한때 너는 누군가의 아내였다. 온몸에 하얀 멍이 든 어느 날 너는 눈 속으로 걸어 들어갔다. 눈이 녹으면 너는 사라지고 눈이 내리면 너는 나타난다, 그 집 앞.

—•—ˇ•/———ˇ•—/•••—ˇ••—/•——•ˇ—••ˇ——

햄버거보다 맛있는 것은 꽃다발이다. 비문에 그렇게 쓰여 있다. 어떤 이는 그것을 환유라고 한다. 말을 잃어 말이 되는 음각.

——ˇ••—/•••—ˇ—/•••—ˇ••—ˇ—•—

아저씨, 아저씨는 하늘을 보았나요? 아저씨가 본 게 정말 하늘이 맞나요? 아니라면 누가 하늘을 보았다고 하나요?

빠진 팔 대신 날개를 달아줄까? 마음껏 하늘을 날 수 있을 거야.

•—••ˇ—/•——•ˇ••—ˇ——•/——ˇ•ˇ•••—

겨우 사람의 생기로 살아가는 너는 아름다움의 그림자로 아름다움을 표현하는 너는 허벅지가 튼실해 멀리 뛸 수 있는 너는 아무 말 없이 꼬박 3일을 견딜 수 있는 너는 잠꼬대할지 몰라 잠 못 드는 너는 하루해가 너무도 긴 너는 밤이 깊을수록 새벽이 가까운 너는 아침에 연기로 사라지는 너는 내일이면 아무도 몰라보는 너는 온몸에 비늘이 돋아 스스로 징그러운 너는 큰 눈에서 떨어지는 눈물이 발등에 파문을 일으키는 너는 그게 너인지도 모르는 너는 너가 낯설다는 너는 거울을 보지 못하는 너는 어디에도 있고 어디에도 없는 너는 주격조사가 없으면 아무것도 아닌 너는 물이 되고 싶었던 너는 물가에서 하염없이 가득한 물병이었던 너는 오래전부터 물가에 자리 잡은 너는 불규칙한 너는 무정형인 너는.

—•—ˇ•/———ˇ•—/•••—ˇ••—/•——•ˇ—••ˇ——

불안은 몸으로부터 온다. 대부분의 사람은 그것을 병원에서 확인한다. 시인은 그것을 받아쓴다.

——ˇ••—/•••—ˇ—/•••—ˇ••—ˇ—•—

아저씨, 아저씨는 우리 아빠도 아니면서 내게 날개를 달아줄 수 있나요?

한쪽 팔마저 뽑자구나, 한쪽 날개로는 높이 날 수가 없단다.

잃은 것은 오른팔이요 얻은 것은 왼팔, 오른팔은 왼팔을 따라 해요. 이제부터 날개를 펼쳐 허공을 흔들어요. 날개는 손이 하던 일을 기억해요.

•—••ˇ—/•——•ˇ••—ˇ——•/——ˇ•ˇ•••—

연기가 솟을 때 얼핏 너의 얼굴을 보았다. 불타는 집에서 솟아오르는 얼굴. 너는 하늘에서 왔다. 불탄 자리에 그을린 얼굴로 나타났다 사라진다. 사람들은 소리를 지른다. 너의 얼굴은 저녁노을 속에 있다. 안녕 하며 너는 곧 어둠이 된다.

—•—ˇ•/———ˇ•—/•••—ˇ••—/•——•ˇ—••ˇ——

사람들은 언젠가 고아가 되고, 대부분 자식을 방치한다. 고아가 되기 싫은 사람은 일찍 죽고, 자식을 끝까지 돌보고 싶은 사람은 아이를 낳지 않는다. 이 모든 것을 아우르는 말이 운명이다. 어떤 이는 재수라고 하고 어떤 이는 불행이라고 한다. 하지만 운명은 운명일 때만 운명이다.

— —ˇ• • —/• • • —ˇ—/• • • —ˇ• • —ˇ— • —

그렇구나. 너는 팔이 네 개구나. 두 팔은 네 것인데 두 팔은 누구 것일까? 말이 무슨 소용일까? 화가 무엇을 할 수 있을까? 둥실 덩실 춤이라도 출 수밖에 없겠구나.

• — • •ˇ—/• — — •ˇ• • —ˇ— — •/— —ˇ•ˇ• • • —

너는 아프고 바람 불고 충전된 모바일 폰을 들고 그 길에 선다. 너는 울고 이불을 개고 보일러를 틀고 엘리베이터를 탄다. 너는 떨리고 물결치고 구름이 흐르고 땅이 흔들리고 고양이는 잠든다. 너는 손을 들고 얼굴을 돌리고 배터리를 갈고 지하 주차장으로 내려간다. 너는 어젯밤 주차했던 곳에서 찌그러진 하늘을 본다. 너는 예열한 가방을 들고 계단을 오른다. 너는 침대보를 뒤집는다. 너는 구름을 껴안고 눕는다. 문이 열리고 너는 일어난다. 거울 앞에 선다. 거울 안에는 아무것도 없다. 너 아닌 너는 모두 확고하다.

—•—ˇ•/———ˇ•—/•••—ˇ••—/•——•ˇ—••ˇ——

고양이에게 너는 비유다. 베개 같은 사람. 사실은, 사실적 묘사다. 지독히 건조한 제습기 튼 실내.

——ˇ••—/•••—ˇ—/•••—ˇ••—ˇ—•—

춤추지 말아요. 팔 대신 날개인데 날개만 있다면 날개만 있다면 어디든 갈 수 있어요.

구름을 우산 삼아 다녀야 한단다. 햇볕이 쏟아지면 날개가 녹는단다.

•—••ˇ—/•——•ˇ••—ˇ——•/——ˇ•ˇ•••—

좌표를 알려줘, 너에게 세상을 보여줄게.

—•—ˇ•/———ˇ•—/•••—ˇ••—/•——•ˇ—••ˇ——

창틀은 밤에 빛난다. 모든 것이 어둠에 싸일 때 틀은 단단하다. 어둠을 가둔다, 경계 짓는다, 감싼다. 어둠의 어둠은 어둠에 틀이 놓일 때 비로소 가능하다.

——ˇ••—/•••—ˇ—/•••—ˇ••—ˇ—•—

괜찮아요, 아저씨. 아니, 아버지. 아저씨는 어째서 아버지가 되었나요? 아버지의 집은 어디인가요? 추락해도 떨어질 곳은 아늑한 아버지의 집, 수많은 미로가 쿠션처럼 나를 받쳐줄 거예요.

•—••ˇ—/•———•ˇ••—ˇ——•/——ˇ•ˇ•••—

너는 뒤집힌 우산을 들고 햇살 아래 서 있다. 아무도 너의 하루를 궁금해하지 않는다. 길고양이 하나가 쏟아지는 햇살 아래 지나간다. 온몸으로 햇살을 받으며 그늘 속으로 들어간다. 너는 그늘이 궁금하다.

—•—ˇ•/———ˇ•—/•••—ˇ••—/•——•ˇ—••ˇ——

세탁기 돌아가는 소리가 들리는 동안 세상은 멈춘다. 아무것도 하지 않을 때 세상은 깨끗하다. 낮잠 자던 고양이가 뒤챈다. 벌러덩 배를 보이고 눕는다.

——ˇ••—/•••—ˇ—/•••—ˇ••—ˇ—•—

미로 속에 빠져 살아갈 수 있겠니? 그 속에는 네 동생이 살고 있단다. 미로는 한 사람이 살기에는 넓고 두 사람이 소유하기에는 좁단다.

•—••ˇ—/•———•ˇ••—ˇ——•/——ˇ•ˇ•••—

너는 이제 그것을 G라고 부른다. 이 땅의 보수주의자는 여전히 그것을 그것이라 한다. 이제는 G인데 계속 그것이라 하는 이유는 G일까? 보수의 속성을 속속들이 알 수 없어 일단 G라고 해둔다. G가 무엇을 가리키는지 알려지지 않았다. 보수주의자들이 그것을 포기할 때까지 G와 그것은 병기하기로 한다. 보수주의자들은 G나 그것이나 같은데 왜 G라고 해야 하는지 모르겠다고 한다. G도 모르는 보수주의를 한탄하며 너는 GG 하며 G를 강조한다. 조만간 밝혀질 보수의 G로 그것은 사라질 것이다. 너는 G를 믿는다. G는 너의 이데올로기다. 너의 G이즘은 그것의 소멸로 완성된다.

—•—ˇ•/———ˇ•—/•••—ˇ••—/•——•ˇ—••ˇ——

예고도 없이 올 때 비는 비다. 언제 내릴지 알 수 있는 것은 물이다. 무리 없어 물이 되는 물이 언제 비였던 적이 있었나? 비인 줄 알면서 피하지 않고 맞는 것, 무리 없는 비.

——ˇ••—/•••—ˇ—/•••—ˇ••—ˇ—•—

걱정 마세요. 실 뭉치를 입에 물고 날겠어요. 비행 중에는 말 걸지 마세요. 저는 아무 말도 할 수 없어요. 동생을 만나면 동생을 죽이고 미로를 만나면 미로를 죽이고 소유를 만나면 소유를 죽일 거예요.

•—••ˇ—/•——•ˇ••—ˇ——•/——ˇ•ˇ•••—

내가 나 아니고 네가 너 아니라면 우리는 그냥 무엇이 되기 전에 무엇이거나 무엇이 아니다. 너인 너와 나인 나를 제외한 모든 우리는 목록에서 지운다. 우리 없이 너는 너대로 나는 나대로 결국 또 시집을 펼쳐 읽거나 덮거나 뭐라도 들고 나서거나 할 것이다. 우리는 거기에 없다. 풀리지 않는 언어가 시다. 너는 아직 알지 못한다. 말도 끝없고 시는 여전히 언어에 가려 있다.

—•—ˇ•/———ˇ•—/•••—ˇ••—/•——•ˇ—••ˇ——

기다리는 전화는 결국 오지 않았고 스팸만 반갑게 받은 날, 무엇을 기다리는지 알 수 없는 시간이 지나고 마침내 전화를 건다. 받자마자 끊어버린 전화기를 들고 재발신 버튼을 누른다. 전화 받기를 기다린다. 여보세요. 내가 듣는 나의 목소리. 전화를 끊는다.

——ˇ••—/•••—ˇ—/•••—ˇ••—ˇ—•—

네 동생은 매년 미로 속에서 결혼한단다. 너도 네 동생과 결혼하지 않으련?

신부는 팔려가고 소녀는 끌려가고 아버지, 나의 아버지, 어찌하여 나를 버리시나요?

•—••ˇ—/•——•ˇ••—ˇ——•/——ˇ•ˇ•••—

오늘밤 서울행 케이티엑스에는 펭귄 스물다섯이 탔다. 펭귄 전용 차량은 9-1호차, 9호차 다음은 10호차, 9호차 통로문을 통해서만 건너갈 수 있다. 사람들은 9호차에서 10호차로 건너가고 펭귄 스물다섯만 9-1호차로 들어간다. 건너간 사람들은 알 수 없다. 단지 매섭게

몰아치는 바람은 고속열차의 운명이라고 생각한다. 너는 9호차 문을 열고 바람을 맞는다. 스물다섯의 펭귄이 모두 섰다 앉는다. 서울행은 계속된다. 오늘 밤에도 펭귄 바람이 케이티엑스를 스치다 운다.

—•—ˇ•/———ˇ•—/•••—ˇ••—/•——•ˇ—••ˇ——

애도는 안도의 다른 이름, 내가 아니라는 다행의 표현. 불안과 다행은 떼려야 뗄 수 없는 한 덩어리. 죽음에서 벗어나는 방식은 결국 죽음밖에 없으므로, 깨달음이란 얼마나 허망한가? 불안은 아무것도 잠식하지 못한다. 죽음은 현재형이기에 애도는 계속된다.

——ˇ••—/•••—ˇ—/•••—ˇ••—ˇ—•—

신부를 맞지 못한 아저씨는 옷을 훔쳐 장롱 깊숙이 숨겨두고 공소시효가 지나기를 학수고대하네. 공소시효가 끝나는 날 밤 자정이 넘자 아저씨는 장롱에서 장물을 꺼내 자백을 하네. 신부는 여전히 없다네.

•—••ˇ—/•——•ˇ••—ˇ——•/——ˇ•ˇ•••—

툇마루에 기대서서 너는 웃고 있다. 처음 사진을 찍는 너를 기억한다. 무엇을 보는 것이 어색한 너는 자꾸 웃는다. 고개를 갸웃이 기울이고 허리를 살짝 꺾고 오른손으로 툇마루를 짚는다. 마루에 어룽대는 햇빛에 작은 손이 반짝인다. 너는 그렇게 정지해 있다. 처마에 매달아놓은 색색의 종이학이 흔들린다. 노란 종이학 하나가 떨어진다. 툇마루는 사라지고 너도 사라지고 웃음만 남는다.

—•—ˇ•/———ˇ•—/•••—ˇ••—/•——•ˇ—••ˇ——

당신은 부끄럽다, 살아 있어서. 당신은 안심한다, 살아 있어서. 당신은 죽고 싶다, 살아 있어서.

——ˇ••—/•••—ˇ—/•••—ˇ••—ˇ—•—

유행 지난 옷을 입고 여자는 떠나네. 하이힐 굽으로 머리 숙인 아저씨의 머리를 밟고 지나가네. 하이힐은 머리에 박혀 빠지지 않고 여자는 하이힐 한 짝을 아저씨 머리에 박아둔 채 하이힐 한 짝만 신고 연못 속으로 뒤뚱울퉁 뒤뚱불퉁 들어가네.

•—••ˇ—/•——•ˇ••—ˇ——•/——ˇ•ˇ•••—

여자가 운다. 너는 기타를 친다. 고양이는 잔다. 어머니는 짐을 든다. 가습기는 수증기를 내뿜는다. 커피는 달고 쓰다. 고양이는 수염을 움찔대고 꼬리를 말고 몸을 뒤챈다. 악보가 열려 있는 태블릿 피시를 밟고 너는 몸을 일으킨다. 여자는 울음을 그친다. 너는 웃는다. 어머니는 짐을 내려놓고 고양이는 기지개를 켠다.

—•—ˇ•/———ˇ•—/•••—ˇ••—/•——•ˇ—••ˇ——

천사의 날개에서 떨어지는 깃털. 깃털이 모두 뽑히면 악마가 된다는 이분법. 알레르기 없는 세상. 악마의 유혹. 하늘을 난다. 다만, 밤하늘이다.

——ˇ••—/•••—ˇ—/•••—ˇ••—ˇ—•—

한참 뒤 머리를 든 아저씨는 하이힐 한 짝을 머리에 꽂은 채 사라진 여자를 찾아 나서네. 만나는 여자마다 이마를 땅에 대고 내 머리에 박힌 하이힐을 신어보세요. 딱 맞는 여자를 찾고 있어요. 여자들이 하이힐에 발을 넣을수록 아저씨의 뒷머리에 깊숙이 박히는 하이힐. 어느새 피로 물든 빨간색 머리를 신고 여자들이 춤을 추네. 춤춰라, 어디서든지, 신나게 멋있게 춤춰라. 푸가가 흐르네.

•—••ˇ—/•——•ˇ••—ˇ——•/——ˇ•ˇ•••—

방울 소리 울리면 문을 여세요. 아름다움이 사라진 자리를 확인하며 천천히 눈을 감으세요. 옆집의 창은 밤새 불 밝히다 이제 어둠이에요. 쉿, 당신의 눈과 풍경은 이제 쓸모없어요. 모기장 따위는 언제든 벗어날 수 있어요. 처음 듣는 이야기인 듯 짐짓 돌아보네요. 까마귀 울고 아름다움은 이제 어두워져요. 숨소리 가팔라지는 지금, 발소리는 불규칙하게 울리네요. 방울 소리 그치면 문을 닫아요.

—•—ˇ•/———ˇ•—/•••—ˇ••—/•———•ˇ—••ˇ——

울음 없는 웃음, 웃음 없는 울음. 노래 없는 목소리, 목소리 없는 노래. 그루밍 없는 사랑, 사랑 없는 그루밍. 세상없는 포즈, 포즈 없는 세상. 포즈 없는 시, 시 없는 포즈. 시 없는 세상, 세상없는 시.

——ˇ••—/•••—ˇ—/•••—ˇ••—ˇ—•—

아저씨는 혼수상태, 세상에 하나밖에 없는 춤추는 머리, 여자들은 맨발로 춤을 추고 아직도 딱 맞는 발을 찾지 못한 아저씨의 머리는 땅속으로, 땅속으로 틀어박히네. 돌아보지 말아요, 돌이 될 거예요, 머리에 힐을 박은 동상이 우후죽순 솟아나요.

•—••ˇ—/•———•ˇ••—ˇ———•/——ˇ•ˇ•••—

너의 짧은 다리 너의 숨 쉬는 입술 너의 길게 늘어진 수염 너의 하얀 눈동자 너의 뽑힌 털 너의 날카로운 손톱 너의 꼬질꼬질한 냄새, 너는 눈을 감는다. 흐르는 눈물, 너는 고개를 돌리지 않는다. 그대로 굳어 스핑크스가 되어도 좋아, 너의 뜯긴 입술 흐르는 침 비칠대는 뒷걸음질, 너의 몸속에 잠긴 하루, 너는 꿈속에서 잠들고 아침에 죄를 안다. 해가 뜨는 이유, 햇살에도 밀려드는 풀풀 떠다니는 죄, 번진다 퍼진다 잠긴다.

—•—ˇ•/———ˇ•—/•••—ˇ••—/•——•ˇ—••ˇ——

조사에게 미안하다. 아침부터 저녁까지 시작과 끝을 구분하고 더한다. 떨어져라, 떨어져라 해도 들러붙는 너에게 난 아무것도 해줄 게 없다. 너는 옆에 있다. 사전이 아니면 떨어지지 않는 너.

——ˇ••—/•••—ˇ—/•••—ˇ••—ˇ—•—

안녕, 아저씨아버지, 아니, 아버지아저씨. 그 강을 건너요 어서 건너요. 레테의 강이든 스틱스 강이든 요단강이든 어서 건너요. 그냥 건너요. 가서는 다시는 돌아오지 마요. 화살 아버지아저씨.

•—••ˇ—/•——•ˇ••—ˇ——•/——ˇ•ˇ•••—

무심하게 돌아보는 너의 궤적, 눈 밝은 너에게만 보이는 흔적, 지나온 흉터, 하나둘 커지는 웃음소리 박수소리 노랫소리, 하품은 크게, 하늘은 눈물 찔끔 파란색, 맑음 뒤에 오는 흐림은 순열, 걸음은 사뿐, 발자국조차 남기지 않은 가벼움, 중력이 시작되는 깃털, 바람조차 무거운 햇살, 눈 감은 찰나 잠든 사이 흐르는 비행운, 퍼지는 구름 멈춘 시간 뛰어라 멀리 높이, 금지만이 오직 금지인 순간.

—•—ˇ•/———ˇ•—/•••—ˇ••—/•——•ˇ—••ˇ——

어제의 소설은 오늘의 시, 어제의 이야기는 오늘의 침묵, 아무 말 없이 지나온 세상, 면벽수도는 벽과 나누는 대화, 한 구절도 말이 되지 않는 옹알이, 벽을 타고 넘는 소리, 아무것도 기록하지 않은 암호 가득한 파일.

——ˇ••—/•••—ˇ—/•••—ˇ••—ˇ—•—

너희들은 거울나무의 열매를 따 먹지 마라, 그 외의 모든 열매는 너희 것이다.

거울이 보고 싶어 내 모습이 보고 싶어 푯 거울을 땁니다.

너희는 왜 내 말을 듣지 않고 거울나무의 열매를 따 먹었느냐.

거울나무의 주인이시여, 저는 아직 먹지 않았습니다.

•—••ˇ—/•——•ˇ••—ˇ——•/——ˇ•ˇ•••—

죽음을 몸 안에서 키워본 너는 안다. 차임벨이 울리고 뇌가 열린다. 우연이거나 필연, 필연조차 우연, 죽음을 꺼내고 너는 본다. 죽음이 빠진 몸의 빈 곳, 아무것도 자리 잡을 수 없는 그곳, 한때의 웃음이나 비닐봉지의 비상이나 눈물의 단맛이 순서를 기다린다. 잘 가라, 죽음. 잘 가라, 몸이었던 몸, 몸 아니었던 몸.

—•—ˇ•/———ˇ•—/•••—ˇ••—/•——•ˇ—••ˇ——

혐오를 반대하는 혐오, 차별을 반대하는 차별, 전쟁을 반대하는 전쟁, 종교를 반대하는 종교, 거짓을 반대하는 거짓, 집단을 반대하는 집단, 시위를 반대하는 시위, 반대를 반대하는 반대, 금지를 금지하는 금지, 거울을 반대하는 거울, 소설을 소설하는 소설, 시를 시하는 시.

——ˇ••—/•••—ˇ—/•••—ˇ••—ˇ—•—

내가 만든 너희들아, 그렇다면 열매는 어디에 있느냐.

여기 제 손에 있지 않습니까.

거울을 치워라, 내 눈앞에서 치워라.

그러하시니 거울나무 열매를 먹겠습니다.

•—••ˇ—/•——•ˇ••—ˇ——•/——ˇ•ˇ•••—

마음에도 없는 소리들이 줄줄 새 나오는 날, 어느 편이냐고 누가 묻는다. 누구인지 알지도 못하는 사람의 편에 서서 편편히 갈라지는 마음에도 없는 소리들을 너는 쏟아낸다. 너는 그것을 시라고 우긴다. 이리 보아도 시 저리 보아도 시, 파편들이 마음이라 우기며 편먹는 것을 본다. 파편에게도 따돌림 당하고 시에게도 소외된 너는 묻는다, 편편히, 너는 누구니?

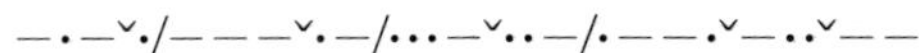

태양을 부정하는 방법은 그 빛에 눈머는 것, 이것은 나르시시스트의 오랜 전통, 그다음에는 강물에 머리를 씻고 거울을 닦는다.

— —ˇ• • —/• • • —ˇ—/• • • —ˇ• • —ˇ— • —

바람도 말을 하고 담벼락도 말을 하고 거리의 거지도 말을 하고 길모퉁이도 말을 하고 고양이도 말을 하고 세상의 모든 아침도 말을 하고 그날 빠진 팔들도 말을 하고 무지개도 말을 하고 물도 말을 하고.

• — • •ˇ—/• — — •ˇ• • —ˇ— — •/— —ˇ•ˇ• • • —

수영복은 왜 이리도 쓸쓸할까, 비릿한 냄새, 너는 운다. 물로 물을 부르는, 외로움을 견디며 너는 생각했니? 가라앉지 못한 운명이 둥둥 떠다니는데 거기가 어딘지 너는 알지 못했니? 소리쳐도 물방울만 터지는 부유하는 것들이 한없이 부러웠니? 쓸쓸한 생이 무엇보다 그리웠니? 기도조차 사치인 생이 무릎을 꿇었니? 눈물을 아무리 흘려도 외로움은 되지 못했니? 며칠 후가 될지 누가 알까, 건너가는 생도 눈물에 젖은 생도 잊혔니? 소리쳐 불러도 돌아보지 않았니? 너의 어깨에 앉은 부엉이만 잠들었니?

—•—ˇ•/———ˇ•—/•••—ˇ••—/•——•ˇ—••ˇ——

침대 위의 고양이가 그루밍을 하는 것은 침대 때문도 고양이 때문도 그루밍 때문도 아니다. 침대, 위에, 고양이가, 그루밍을, 하기, 때문이다.

——ˇ••—/•••—ˇ—/•••—ˇ••—ˇ—•—

아버지아저씨는 말들을 모두 잃어 말이 없었네. 말 같지 않은 말이 입안을 가득 채워 눈만 껌벅이네.

아버지아저씨, 안녕, 아아아 안녕, 짜이도 지엔도 사요나라.

•—••ˇ—/•——•ˇ••—ˇ——•/——ˇ•ˇ•••—

베낀 시를 아무도 못 베끼게 고치겠어. 훔친 시는 모두 화석으로 만들겠어.

—•—ˇ•/———ˇ•—/•••—ˇ••—/•——•ˇ—••ˇ——

시적 논리는 상상력을 제약하지 않는다. 논리에 어긋나는 시가 상상력을 제약한다.

——ˇ••—/•••—ˇ—/•••—ˇ••—ˇ—•—

누가 죽기를 바라면서 그 사람이 죽은 뒤 드는 죄책감, 어느 감정이 진짜인지 알 수 없는, 결코 둘 다 진짜일 수 없는, 결국 둘 다 진짜가 아닐 수 없는, 소설보다 현실을 믿는 사람들이 느는 것은 어쩔 수 없다.

•—••ˇ—/•——•ˇ••—ˇ——•/——ˇ•ˇ•••—

비가 온다. 소파에 누워 너는 책을 읽는다. 창밖의 너는 비를 맞는다. 책을 읽는 너는 창밖을 본다. 너는 너를 보지 못한다. 비만 내린다. 창밖의 너는 창을 본다. 창에는 비가 치고 비를 맞는 너는 창에 비친다. 바람이 불어도 너는 책을 읽는다. 잠이 쏟아져도 너는 비친다. 너와 너는 알지 못한다. 비는 오고 바람 불고 잠은 쏟아진다.

—•—ˇ•/———ˇ•—/•••—ˇ••—/•——•ˇ—••ˇ——

꽃비가 온다. 내리는 것은 비인가, 꽃인가. 꽃 같은 비인가, 비 같은 꽃인가. 선택은 괴롭고 의미는 축소된다. 내리는 비에 꽃이 떨어지는, 선택이 필요 없는 내리는 것들의 날, 그런 레토릭, 그런 수사. 단순함은 다양함을 동경한다, 보장한다. 내린다, 이것과 저것과 이것저것이, 그런 들들들이.

——ˇ••—/•••—ˇ—/•••—ˇ••—ˇ—•—

작용과 반작용, 당기고 끄는 힘이 과할수록 움직임은 팽팽해요.

•—••ˇ—/•——•ˇ••—ˇ——•/——ˇ•ˇ•••—

비 오는 오후 어제 부친 편지를 걱정한다. 한 번 젖은 사연이 다시 비에 젖는다. 번지는 사연에도 세상은 물

들지 않는다. 편지가 도착하기 전에 모든 언어가 소멸하리라.

—•—ˇ•/———ˇ•—/•••—ˇ••—/•——•ˇ—••ˇ——

나무가 되어가는 당신이 돌아온다면 시를 쓰겠다. 어느새 팔과 다리에 잎이 돋고 새들이 날아와 앉는다. 당신은 사람인가 나무인가. 시는 나무를 나무로 두는가, 사람을 사람으로 두는가. 생각하느라 시는 못 쓰고 당신은 숲으로 들어간다. 당신의 자리는 숲에 있는가. 또 생각이 자란다.

——ˇ••—/•••—ˇ—/•••—ˇ••—ˇ—•—

온통 평평해지는 기억들. 사라지지 않고 아래로, 아래로 경쟁하며 내려가는 기억들. 섞였는지 짜였는지 알 수 없는 평지의 기억들. 나무도 풀도 자라지 않는 기억들. 푸른 황무지, 초록의 폐허.

•—••ˇ—/•——•ˇ••—ˇ——•/——ˇ•ˇ•••—

아침 바다는 잠잠하다. 의자 두 개가 놓여 있는 바닷가에 물이 든다. 의자 다리가 물에 잠긴다. 바다는 천천히 움직인다. 햇살은 의자를 그린다. 등받이에 재킷을 건다. 물 위에 얹힌 하늘이 구겨진다. 물은 빛을 삼킨다. 구겨지는 바다는 재킷 속으로 들어간다. 아침은 쉽게 선명해진다.

—•—ˇ•/———ˇ•—/•••—ˇ••—/•——•ˇ—••ˇ——

사랑, 아니면 깨달음. 둘 중에 하나. 사랑에는 깨달음이 없고 깨달음에는 사랑이 없다. 사랑을 깨달았을 때, 사랑은 없다. 있다면 그것은 허구. 진지하고 가슴 찢어지는, 심지어 죽음에 이르는 픽션. 시작하였으니 끝이 보이는 이야기. 천 개의 사랑과 천 개의 깨달음.

——ˇ••—/•••—ˇ—/•••—ˇ••—ˇ—•—

입에서 튀어나오는 것은 말이 아니다. 바늘이 입속에서 쏟아진다. 이것은 비유인가 환유인가 상징인가? 비유든 환유든 상징이든 바늘은 너를 찌른다. 비명도 없이 자리 잡는 고통, 그래도 너는 말이 없다. 괜찮아, 비명이어도 좋아, 단말마여도 좋아, 뭐라도 튀어나오면 좋겠어. 온몸에 돋는 바늘, 온몸이 말인 너. 너는 말이 없어도 몸이 있다. 말몸이 몸말한다. 적는다, 나는, 입을 닫고 적는다. 비명이야, 눈을 마주쳤어. 찰나여도 고통은 고통, 바늘은 바늘, 말은 몸, 몸은 말, 말몸의 몸말하기.

•—••ˇ—/•——•ˇ••—ˇ——•/——ˇ•ˇ•••—

얼마나 기쁘면 기쁘다고 말할까? 얼마나 괴로우면 괴롭다고 말할까? 무엇이 기표이고 무엇이 기의인가?

귀 잘린 고양이, 언어를 물고 말들을 흘리며 지나간다.

—•—ˇ•/———ˇ•—/•••—ˇ••—/•——•ˇ—••ˇ——

수영은 물의 흐름에 몸을 맡기는 것도 물을 거슬러 오르는 것도 아니다. 물이 어느 쪽으로 흐르든 물을 건너는 것이다. 좌우에 흐름과 거스름을 달고 가로지르는 것이다. 순응도 반역도 아닌 경계의 틈바구니를 메우는 것이 수영이다. 한쪽으로 치우칠 때 눈앞에 보이는 강기슭은 신기루가 되는 것이다. 비유하지 마라. 수영은 수영이다.

——ˇ••—/•••—ˇ—/•••—ˇ••—ˇ—•—

백야의 하늘 태양을 바라봐요. 눈을 부릅뜨고 그 빛을 부숴요. 곧 암흑이에요. 강물에 머리를 감고 거울을 닦아요. 우물물은 차갑고 별빛은 따갑게 내 몸을 찌르네요.

날개가 녹아내려요. 떨어집니다. 물속이에요. 풍덩, 소리도 들리지 않는 바닷속이에요. 헤엄치지 말아요. 아래로, 아래로 내려가는 몸, 날개가 있던 자리가 가려워요. 지느러미가 생기려나 봐요.

•—••ˇ—/•——•ˇ••—ˇ——•/——ˇ•ˇ•••—

여자가 일어난다, 천 년 넘게 걸린 기상. 천천히보다

더 천천히 돌을 다듬어 여자가 되어간다. 여전히 얼굴은 돌 속에 묻혀 있다. 느닷없이 어두워지는 시간, 돌은 천천히 여자가 되어간다. 어두워져야 드러나는 윤곽에 대해 누가 얘기할 수 있을까? 시간은 눈을 가졌으나 입이 없다. 천천히는 여자의 단어, 시간은 그 말을 발음하지 못한다.

—•—ˇ•/———ˇ•—/•••—ˇ••—/•——•ˇ—••ˇ——

생각은 생각을 생각하게 한다.

——ˇ••—/•••—ˇ—/•••—ˇ••—ˇ—•—

고래의 몸속으로 들어갔어요. 몸속은 어둠, 어둠은 내 몸이에요. 어서 나를 토해주세요. 고래고래 소리 질렀으나 고래는 나 대신 거짓말을 토했어요.

코가 커져요. 할아버지 대패로 내 코를 밀어줘요. 미안하구나. 나는 이제 목수가 아니란다. 코가 하늘에 닿았어요. 어서 거짓을 타고 올라가세요.

•—••ˇ—/•——•ˇ••—ˇ——•/——ˇ•ˇ•••—

그 방에 들어갔을 때 이미 너는 너가 아니다. 처음 기획은 그랬다. 사방에 붙여놓는 것은 너, 너는 너 아닌 너의 뒤에 또 그 뒤에 너 아닌 너, 너 아닌 너는 또 너의 옆에 또 그 옆에 너 아닌 너, 너는 너 아닌 너를 바라보면 너 아닌 너가 너를 보는 방, 전후좌우 끝없이 도열하는 너 아닌 너는 너를 너 아닌 너의 십자가에 매달고 너를 심문한다. 너는 방이 깨지기 전에 너를 세 번 부정하리라. 너 아닌 너가 너에게 물어보리라. 방이 깨지고 너 아닌 너를 부정하는 너만 남는다. 거울아, 거울아 세상에서 가장 너 아닌 너를 보여줘. 깨진 거울 속의 너 아닌 너와 너는 마주한다. 너 아닌 너는 모두 누웠고 너만 서서 너 아닌 너를 후회한다. 그리고…

••—•ˇ—/••—•ˇ—••ˇ••—•//••—•ˇ——•—/•—••ˇ—•——//•—••ˇ—••/•••—ˇ••—ˇ——/•——•ˇ•/——ˇ•/•——•ˇ—//——ˇ•ˇ——••/•—••ˇ••—/•—••ˇ•—//—•••ˇ—•••ˇ—/••—•ˇ•/••—•ˇ—••ˇ••—•/•—••ˇ•••/••—•ˇ•

시인의 말

매체에 따라 어울리는 시가 있다. 소셜 네트워크에 어울리는 시가 있고 옥외 광고판에 어울리는 시가 있다. 대다수의 지면에 어울리는 시가 있는가 하면 시집에 어울리는 시가 있다. 시집에도 어울리지 않는 시가 있다. 발화되지 못하고 속에만 가득한 시, 순간, 발화되었지만 기록할 수 없는 시. 시가 아니거나 시 너머의 시.

—

어디에서 낭독해도 뭉클한 시가 있다. 어떤 곳에서만 낭독할 때 뭉클한 시가 있다. 아무나 낭독해도 뭉클한 시가 있고 어떤 사람만이 낭독할 때 뭉클한 시가 있다.

—

낭독하지 않고 눈으로 읽을 때 선명해지는 시가 있다. 낭독하면 그저 읽히는 글자인 시.

—

뭉클한 시와 선명한 시, 시는 두 가지를 한꺼번에 담을 수 없다. 시는 '짬짜면 그릇'이 아니다. 하나를 시라고 하면 다른 하나는 시가 아니다. 시의 그릇은 그렇다. 그럼에도 모두 시라고 한다.

—

낭독하기 좋은 시는 좋은 시인가? 차이는 모든 시를 시이게 하는가? 시 아닌 것은 어떻게 다른가?

—

뭉클은 감추고/버리고 시만 읽는다.

—

현대시의 리듬은 이미지로 드러난다. 정형률도 내재율도 아니다. 시의 울림, 시의 리듬은 발성의 음악적 출렁거림이 아니라 시를 읽을 때 떠오르는 이미지의 출렁거림이다. 이때의 이미지는 사진, 또는 사진들일 수도 있고, 움직이는 영상일 수도 있다. 하지만 그것은 영화 같은 영상이 아니라 시적 영상이다.

—

이미지의 리듬은 단선일 때도 있지만 대개의 현대시에서는 복선, 또는 다선으로 나타난다. 각각의 이미지는 길항하면서 서로에게 영향을 준다. 마치 화음처럼 보완하면서 또는 확장하면서 진행된다. 이 리듬이 복잡할수록 이른바, 읽기가 어려운 시가 된다. 여러 개의 화면이 있는 방에서 이미지들을 읽는 것처럼.

—

시는 기의에 일대일로 대응하는 기표로서 구성되지 않는다. 기의를 가리키는 무수한 기표, 그 화살표의 복잡함이 시를, 시의 이미지를 구성한다. 이를 리듬으로 읽는 사람이 '시를 읽는' 독자다.

—

묘사된 이미지든, 연상된 이미지든 이미지는 현대시의 밑바탕이다. 시를 읽는다는 것은 낭독하는 것이 아니라 이 이미지를 따라가는 것이고 따라간 이미지를 해석하는 것이다. 마치 작곡된 곡을 연주하기 위해 연습하듯이, 시를 읽는 행위는 반복된 읽기가 필요하다. 제대로 읽는다는 것은 제대로 연주한다는 것이고, 제대로 연주한다는 것은 해석한다는 것이다. 초견 연주로 해석이 가능할까?

—

시의 해석은 반복된 읽기를 통한 해석된 독자의 이미지로 드러난다. 묘사대로 따라가기와 연상으로 떠올리기는 시 읽기의 기본이다.

—

시 읽기는 낭독이 아니라 연주여야 한다.

—

시는 이해로부터 달아나 해석으로 향한다. 그 달아나는 속도를 표현하는 것이 시 쓰기이고, 발견하는 것이 시 읽기다. 시의 시간과, 시와 나(시인/독자)와의 거리가 시의 속도를 정한다.

—

삶이란 삶은 달걀 같아서 속에 무엇이 들었는지 뻔히 알기 때문에 까는 데만 집중하게 된다. 삶의 깨달음을 본질로 하는 시는 결국 삶은 달걀 껍데기를 까는 이런저런 방법을 이리저리 알려주는 것일 뿐, 삶은 달걀이 안에 있다는 것 말고는 아무것도 말하지 못한다. 아포리

즘은, 그런 시는 껍데기 까기라는 그럴싸한 사족이거나 허구다.

—

현대시의 운명은 사라짐에 있다. 지나서 보면 아무것도 없고 색색의 해석만이 나부끼는 시. 그러므로 현대시는 정전으로 남을 수 없다. 정전의 시대는 다시 돌아오지 않는다. 살아남는 시가 되려고 살아남은 시에 기댄 시는 전통의 상투, 정전의 클리셰다. 김수영을 비틀어 말하면, 전통은 싱싱할수록 심하게 썩은 전통일 뿐이다.

—

사라지는 시, 펼치면 불타는 시집, 현대적인 너무도 현대적인, 이미지로 떠다는 시.

—

기록 매체의 다양화, 기록 보존의 안정화는 역설적이

게도 기억되는 시를 사라지게 한다. 이는 비단 시뿐만이 아니다. 언제든지 검색으로 찾을 수 있기 때문에 콘텐츠로 기록될 뿐 기억되지는 않는다. 이제, 기억은 기록을 찾는 행위다. 검색만이 기억인 시대.

—

주류가 사라진 시대. 혼자만이 질서인 시대. 하나하나의 질서가 모여 혼돈을 이루는 시대. 기록됨으로써 사라지는 시대. 작품은 펜시이거나 유물인 시대. 이런저런 콘텐츠가 되는 시대. 인용만으로 기억되는 시대.

—

현대시는 기록을 부정하거나 파괴하거나 넘어서야 한다. 아니면, 스스로 사라지거나…

—

자신의 스타일을 가지는/만드는 시인은 자신의 언어

를 구축한 시인이고, 자신의 언어를 부정하는 시인은 자신의 스타일을 흩뜨리는/덮어쓰는 시인이다. 언어 너머의 언어, 저곳의 언어를 이곳의 언어로 넘어서는 것이 시라면 현대시는 연속인가, 대체인가, 부정인가?

—

일상의 단어, 쉬운 문장임에도 현대시가 어려운 까닭은 언어로서의 시(기표)가 지시하는 뜻(기의)이 일상의 언어와 달라서이다. 언어로써 (이곳의) 언어를 넘어, 언어 너머 (저곳의) 언어를 생성하기 때문이다. 문법은 없다. 언어가 원래 그렇듯 시는 자의적이다.

—

쉬운 시는, 시가 지시하는 뜻이 여기의 언어와 별반 다르지 않기 때문이다. 그래서 뭉클하고 소름 돋는다고들 한다. 자신 속에 있는, 말로 글로 표현되지 않던 것을 꼭 집어 군더더기 없이 표현한 것이 시인가? 그렇다면 시는 감동인가?

—

혁명이 패션화되었듯이 징후, 불온, 전복 따위의 말이 사어가 되거나 장식어가 된 시대에 시는 모든 것을 포기하고 사라지거나, 그 소멸을 기록할 뿐이다. 안타까움도 미련도 모두 지워버린 수행성의 기록, 수행록遂行錄.

—

억압에 저항하기보다는 억압을 팬시화해 새로운 인정 경쟁에서 승리하는 것. '예술은 짧고 욕망은 긴', 낡은 새 시대의 시는 오늘도 배달되고 소비되고 장식되고 분리되고 버려진다.

—

욕망의 플랫폼에 연예시인의 기차는 언제 들어오는가? 시인의 브이로그는 패션인가, 트렌드인가?

—

스스로 팬시가 되어버린 신新시인, 포에테이너poetainer의 탄생. 아버지 없이 가정적인, 지면보다 무대를 찾는 시인들, 그들에게 필요한 플랫폼은 출판사인가, 기획사인가? 아니면 온라인인가?

—

시는 언제까지 사랑의 인사를 나눠야 할까?

—

시를 발표하기 시작한 지 스무 해. 그동안 눈에 보이지 않는 튼튼한 고무줄을 몸에 묶고 시작점으로부터 달아난 것 같다. 시작점, 그 모든 절박함의 기둥. 그것은 사람이거나 사회이거나 시대이거나 고통이거나 효율이거나 생활이거나 감동이거나… 그곳에서 멀어질수록 고무줄은 팽팽해진다. 아차, 하는 순간 탄성에 끌려 시작점으로 돌아갈 수밖에 없는, 그 긴장의 지경이 시를 쓰게 한다.

—

'가슴 미어짐'으로부터 멀어짐. '함께 만드는 세상'으로부터 멀어짐. '어떤 다짐'으로부터 멀어짐. '밤새워 함께 고통하기'로부터 멀어짐. '눈물이 주룩주룩'으로부터 멀어짐. '소름 돋음'으로부터 멀어짐… 수많은 멀어짐으로 쓰인 시, 멀어져도 시작점과 이어진 시. 멀어짐으로부터도 멀어지려는 시.

—

언제 이 투명 고무줄을 끊어버려야 할지 주저하는 사이, 시는 쌓이고 시집은 늘어난다. 끈을 끊으면 완전히 멀어질 수 있지만 시작점을 잃고 시작을 멈춰야 한다.

—

이 시집이 그 순간이 되기를/되지 않기를…

최규승 시인이
펴낸 책들

- 시집

『무중력 스웨터』, 천년의시작, 2006
『처럼처럼』, 문학과지성사, 2012
육필시집 『시간 도둑』, 지식을만드는지식, 2013
『끝』, 문예중앙, 2017

속

최귀승 시집

발행일 2020년 8월 3일
발행인 이인성
발행처 사단법인 문학실험실
등록일 2015년 5월 14일
등록번호 제300-2015-85호

주소 서울 종로구 혜화로 47 한려빌딩 302호
전화 02-765-9682
팩스 02-766-9682
전자우편 munhak@silhum.or.kr
홈페이지 www.silhum.or.kr

디자인 김은희
인쇄 아르텍

ISBN 979-11-970854-1-3 (03810)
값 10,000원

이 작품집은 서울문화재단 2019년 창작집 발간지원사업의 지원을 받아 출간되었습니다.